HAW!

AW YOU ROGUEYS,

SIGN HERE sae awbody

Kens **this book** belangs

TAE YOU.

_____

ROALD DAHL

MATILDA

in Scots

Illustratit by Quentin Blake
Translatit by Anne Donovan

INTRODUCIN. . .

 Matilda

 Michael

Mr and Mrs
Wormwidd

Miss Honey

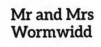

Bruce
Dubskelper

Amanda
Threip

Miss
Trunchbull

Find oot mair aboot Roald Dahl
by visitin the website at
roalddahl.com

First published 2019 by Itchy Coo
ITCHY COO is an imprint and trade mark of
James Francis Robertson and Matthew Fitt
and used under licence by
Black & White Publishing Limited.

Black & White Publishing Ltd
Nautical House, 104 Commercial Street, Edinburgh, EH6 6NF

1 3 5 7 9 10 8 6 4 2   19 20 21 22

ISBN: 978 1 78530 235 0

Originally published by Jonathan Cape Ltd 1988

A CIP catalogue record for this book is available from the British Library.

Typeset by Iolaire, Newtonmore
Printed and bound by CPI Group (UK), Croydon, CR0 4YY

MIX
Paper from
responsible sources
FSC® C020471

For Michael and Lucy

Contents

The Reader o Books   1

Mr Wormwidd, the Braw Car Dealer   16

The Bunnet and the Superglue   24

The Ghaist   32

Arithmetic   43

The Platinum-Blond Man   50

Miss Honey   60

The Trunchbull   76

The Parents   84

Pappin the Hammer   95

Bruce Dubskelper and the Cake   111

Lavender   128

The Weekly Test   135

The First Miracle   153

The Second Miracle   164

Miss Honey's Hoose   171

Miss Honey's Story   187

The Names   200

The Practice   204

The Third Miracle   209

A New Hame   221

The Reader o Books

Mithers and faithers are weird. Even when their bairn is the maist snottery wee skellum ye could ever imagine, they still think he or she is the bee's knees.

Some gang even furder. Blindit by adoration they manage tae convince theirsels that their wean is a genius.

Weel, there's naethin wrang wi that. It's jist how it is. It's only when mithers and faithers stert bummin their load aboot how gleg and smairt their scunner-some wee yins are, that we stert cryin, 'Gie's a basin. We're gonnae boke!'

Aften schuil teachers are trauchled when they huv tae thole this sort o mince fae parents, but they get their ain back when it's time tae scrieve their end o term reports. If ah wis a dominie ah'd invent some richt crackers fur the weans o fond parents. 'Yer son Maximilian,' ah'd scrieve, 'is a pure numptie. Ah hope yer faimly hus a business ye can whap him intae when he leaves the schuil, fur pigs wid fly afore he got a job onywhaur else.' Or if ah wis feelin poetical that day, ah micht scrieve, 'It is an unco truth that grasshoppers hae their lugs in the sides o their bellies. Yer dochter Vanessa, tae judge fae whit she's learnt this term, hus nae lugs at aw.'

Ah micht even howk doon intae natural history and say, 'The periodical cicada spends six year as a grub unnergrund, and nae mair than six *days* a free craitur o sunlicht and air. Yer son Wilfred hus spent six year as a grub in this schuil and we are still waitin on him burstin oot his chrysalis.' A particularly pizenous wee lassie micht jag me intae sayin, 'Fiona hus the same frozent beauty as an iceberg, but unlike the iceberg she hus naethin unner the surface.' Ah think ah micht

enjoy scrievin end-o-term reports fur the eejits in ma class. But that's eneuch o that. We huv tae crack on.

Fae time tae time ye find parents that are jist the opposite, wha show nae interest at aw in their weans, and sure eneuch, these are faur worse than the dotin yins. Mr and Mrs Wormwidd were like this. They had a son cried Michael and a dochter cried Matilda, and the parents looked on Matilda in particular as naethin mair than a scab. A scab is somethin ye huv tae thole until the time comes when ye can pick it aff and flaff it awa. Mr and Mrs Wormwidd were richt lookin forrit tae the day they could pick their wee lassie aff and flaff her awa, preferably intae the neist county or even furder.

It's bad eneuch when parents treat *ordinar* weans as if they were scabs and werrocks, but it's a lot worse when the bairn in question is *extra*-ordinar, and by that ah mean douce and clivvir. Matilda wis baith these things, but maist o aw she wis clivvir. Her mind wis that gleg and she wis that quick tae learn that even the maist glaikit gomerels o parents should huv noticed her ability. But Mr and Mrs Wormwidd were baith that brosie-heidit and thirled tae their ain wee lives that they never noticed onythin extraordinar aboot their dochter. Tae tell the truth, ah doubt they wid huv noticed if she had sprauchled intae the hoose wi a broken leg.

Matilda's brither Michael wis a perfit normal lad,

4

but the sister wis, as ah said, a pure cracker. By the age o *wan and a hauf* her speak wis perfit and she kent as mony words as maist grown folk. The mither and faither, insteid o bummin her up, cried her a glousterin bletherskite and tellt her that wee lassies should be seen and no heard.

By the time she wis *three*, Matilda had taucht hersel tae read by studyin newspapers and magazines that were lyin aboot the hoose. At the age o four, she could read fast and weel and naturally sterted tae ettle efter books. The only book in the hale enlichtened hoose wis somethin cried *Easy Cookin*, that belanged tae her mither, and efter she had read this fae batter tae batter and learnt aw the recipes by hert, she decided she wanted somethin mair interestin.

'Daddy,' she said, 'ony chance ye could buy me a book?'

'A *book*?' he said. 'Whit d'ye want a flamin book fur?'

'Tae read, Daddy.'

'Whit's wrang wi the telly, in the name o the wee man? We've got a braw telly wi a twelve-inch screen and noo ye come askin fur a book! You're gettin spoilt, ma lassie!'

Near every weekday efternoon Matilda wis left alane in the hoose. Her brither (five year aulder than her) gaed tae the schuil. Her faither gaed tae his work and her mither gaed tae the bingo in a toun eicht mile awa. Mrs Wormwidd couldnae see past the bingo and played five times a week. On the efternoon o the day when her faither widnae buy her a book, Matilda set aff aw by hersel tae walk tae the public library in the clachan. When she got there she introduced hersel tae the librarian, Mrs Phelps. She asked if she could sit fur a while and read a book. Mrs Phelps, a bit raivelt at the arrival o sic a toty wee lassie wioot her mammy or daddy, nanetheless tellt her she wis welcome.

'Whaur are the bairns' books, please?' Matilda speired.

'They're ower there on thae bottom shelves,' Mrs Phelps tellt her. 'D'ye want me tae help ye find a braw yin wi loads o pictures in it?'

'No thank ye,' Matilda said. 'Ah'm sure ah'll be fine.'

Fae then on, every efternoon, as soon as her mither had left fur the bingo, Matilda wid tottle doon tae the library. It wis only ten minutes walk and gied Matilda twa magic hours, sittin quiet by hersel in a cosie neuk, devourin wan book efter anither. Wanst she had read every single book fur bairns in the place, she sterted daunerin roond, seekin somethin else.

Mrs Phelps had been watchin Matilda fur weeks past, forwunnert. She got up fae her desk and gaed ower tae her. 'Can ah gie ye a haund, Matilda?' she speired.

'Ah'm wonderin whit tae read neist,' Matilda said. 'Ah've finished aw the books fur bairns.'

'Ye mean ye've looked at the pictures?'

'Aye, but ah've read the books and aw.'

Mrs Phelps looked doon at Matilda fae her great heicht and Matilda looked richt back up at her.

'Ah thocht some were richt daft,' Matilda said, 'but ithers were braw. 'Ah liked *The Secret Gairden* best of aw. It wis fu o mystery. The mystery o the chaumer ahint the shut door and the mystery o the gairden ahint the big waw.'

Mrs Phelps wis mair bumbazed than ever, but she'd the sense no tae show it. 'Whit kind o book wid ye like tae read neist?' she speired.

Matilda said, 'Ah'd like a really guid yin that adults read. Wan that's weel kent. Ah dinnae ken ony names.'

Mrs Phelps looked alang the shelves, takkin her time. She didnae ken whit tae bring oot. How, she asked hersel, dae ye choose a weel-kent adult book fur a four-year-auld lassie? Her first thocht wis tae pick a romance written fur quinies at schuil, but somehow she fund hersel instinctively passin thon particular shelf.

'Gie this yin a go,' she said at last. 'It's richt weel kent and it's a brammer. If it's ower lang, jist let me ken and ah'll fund somethin shorter and a bittie easier.'

'*Great Expectations*,' Matilda read, 'by Charles Dickens. Ah'd luve tae try it.'

Ah must be dottled, Mrs Phelps tellt hersel, but tae Matilda she said, 'Of course ye can try it.'

Ower the neist few efternoons Mrs Phelps could haurdly tak her een fae the wee lassie sittin hour efter hour in the muckle ermchair at the faur end o the room, wi the book on her lap. She had tae rest it on her lap as it wis ower wechtie fur her tae haud up, so she had tae sit leanin forrit tae read. And an unco sicht it wis, this toty daurk-haired body, sittin there wi her feet naewhaur near touchin the flair, richt thirled tae the wunnersome tales o Pip and Miss Havisham and her hoose happit wi slammachs, and forwunnert by the inchantment the scriever had wyved wi his words. The only motion fae the reader wis the raise o her haund noo and then tae turn the page and Mrs Phelps aye felt sad when the time came fur her tae gang ower and say, 'It's ten tae five, Matilda.'

Durin the first week o Matilda's visits, Mrs Phelps had said tae her, 'Does yer mither walk ye doon here every day and then tak ye hame?'

'Ma mither gangs intae toun every efternoon tae play bingo. She doesnae ken ah come here.'

'That's no richt, surely,' Mrs Phelps said. 'Ah think ye'd better ask her.'

'Ah'd raither no,' Matilda said. 'She doesnae encourage readin books. And ma faither doesnae either.'

'But whit dae they expect ye tae dae every efternoon in an empty hoose?'

'Jist hing aboot and watch the telly.'

'Ah see.'

'She doesnae really care whit ah dae,' Matilda said, a bittie dulesome.

Mrs Phelps wis concerned aboot the bairn's safety as she walked through the fair hoachin High Street o the clachan and crossed the road, but she decided no tae meddle.

Within a week, Matilda had finished *Great Expectations* which in that edition contained four hunner and eleeven pages. 'Ah luved it,' she said tae Mrs Phelps. 'Has Mr Dickens scrieved ony mair?'

'A hantle,' said Mrs Phelps, astonisht. 'D'ye want me tae choose anither yin fur ye?'

Ower the neist six month, unner Mrs Phelps's watchfu and compasssionate een, Matilda read the followin books:

Nicholas Nickleby by Charles Dickens
Oliver Twist by Charles Dickens
Jane Eyre by Charlotte Bronte
Pride and Prejudice by Jane Austen

Tess o the D'Urbervilles by Thomas Hardy
Gane Tae Earth by Mary Webb
Kim by Rudyard Kipling
The Invisible Man by H. G. Wells
The Auld Man and the Sea by Ernest Hemingway
The Soond and the Fury by William Faulkner
The Grapes o Wrath by John Steinbeck
The Guid Companions by J. B. Priestley
Brighton Rock by Graham Greene
Animal Ferm by George Orwell.

It wis a formidable leet and by noo Mrs Phelps wis whummled and in a flochter but it wis probably a guid thing she never let hersel be cairried awa wi it aw. Near onybody else, witnessin the achievement o this wee bairn wid huv been tempted tae cause a carfuffle and exclaim the news aw roond the clachan and ayont, but no Mrs Phelps. She wis a body wha mindit her ain business and lang syne had discovered it wis rarely worth meddlin wi ither folk's bairns.

'Mr Hemingway says a gey wheen o things ah dinnae unnerstaund,' Matilda said tae her. 'Maistly aboot men and weemin. But ah luved it aw the same. The way he tells it ah feel ah'm richt there, watchin it happen.'

'A braw scriever will aye mak ye feel that,' Mrs Phelps said. And dinnae fash yersel aboot the bits ye cannae unnerstaund. Sit back and let the words sweel roond ye, like music.'

'Ah will, ah will.'

'Did ye ken,' Mrs Phelps said, 'that public libraries like this let ye borrow books and tak them hame?'

'Ah never kent that,' Matilda said. 'Could *ah* dae it?'

'Surely,' Mrs Phelps said. 'When ye've picked the book ye want, bring it tae me so ah can mak a note o it and it's yours fur twa weeks. Ye can tak mair than wan if ye want.'

Fae then on, Matilda wid visit the library jist wanst a week so she could tak oot new books and return auld yins. Her ain wee bedchaumer noo became her readin-room and there she wid sit and read maist efternoons, aften wi a mug o hot chocolate beside her. She wisnae quite tall eneuch tae reach things aroond the kitchen but she kept a wee kist in the oothoose which she brocht in and stood on so she could get whit she wanted. Maistly it wis hot chocolate she made,

warmin the milk in a skellet on the stove afore mixin it. Fae time tae time she made Bovril or Ovaltine. It wis lichtsome tae tak a hot drink up tae her chaumer and hae it beside her as she sat in her silent room readin in an empty hoose in the efternoons. The books cairried her awa intae new worlds and introduced her tae amazin folk wha lived feerichin lives. She gaed tae Africa wi Ernest Hemingway and India wi Rudyard Kipling. She stravaiged aw roond the world while aye sittin in her wee room in her hame clachan.

Mr Wormwidd,
the Braw Car Dealer

Matilda's mither and faither owned no a bad hoose that had three bedchaumers up the stair, while on the grund flair there wis a dinin room and a livin room and a kitchen. Her faither wis a dealer in second-haund motors and it seemed he did weel eneuch at it.

'Sawdust,' he wid say, proodly, 'is wan o the grand secrets o ma success. And it costs me naethin. Ah get it free fae the sawmill.'

'Whit dae ye use it fur?' Matilda asked him.

'Ha!' the faither said. 'Would ye no like tae ken?'

'Ah dinnae see how sawdust can help ye sell second-haund motors, Daddy.'

'That's because ye're a daft wee dochle,' her faither said. His speak wis aye that coorse but Matilda wis used tae it. She also kent that he liked tae blouster and she wid eggle him on wi nae shame.

'Ye must be awfie canny tae fund a use fur somethin that costs naethin,' she said. 'Ah wish ah could dae it.'

'Ye couldnae,' the faither said. 'You're that gawpit. But ah dinnae mind tellin young Mike here aboot it since he'll be jynin me in the business wan day.' Ignorin Matilda, he turnt tae his lad and said, 'Ah'm aye gled tae buy a motor when some doolie hus been crashin the gears so that they're aw scruntit and brattle as if they're dementit. Ah get it cheap. Then

16

aw ah dae is mix in a load o sawdust wi the oil in the gearbox and it runs as douce as can be.'

'How lang will it run like that afore it starts brattlin again?' Matilda asked him.

'Lang eneuch fur the buyer tae get faur awa,' the faither said, smirtlin. 'Aboot a hunner mile.'

'But that's wrang, Daddy. It's deceiverie.'

'Naebody ever got rich bein honest,' the faither said. 'Customers are there tae be pauchled.'

Mr Wormwidd wis a sleekit wee whitrat whase front teeth stuck oot unner a skinny moustache. He liked tae dress in bricht checky jaickets and usually donned ties that were yella or pale green. 'Tak mileage but,' he gaed on. 'Awbody that's buyin a second-haund motor, the first thing he wants tae ken is how mony mile it's done. Richt?'

'Richt,' the son said.

'So ah buy an auld midden that's got aboot a hunner and fifty thoosand mile on the clock. Ah get it cheap. But naebody's gonnae buy it wi a mileage like that, are they? And nooadays ye cannae jist tak the speedometer oot and dae some joukery-powkery tae turn back the numbers like ye used tae ten year syne. They've sorted it so it isnae possible tae pauchle wi it unless ye're a ruddy watchmaker or somethin. So whit dae ah dae? Ah use ma brains, laddie, that's whit ah dae.'

'How?' young Michael asked, fascinated. He seemed tae huv inherited his faither's luve o pawkery.

'Ah sit doon and say tae masel, how can ah turn a mileage readin o wan hunner and fifty thoosand intae only ten thoosand wioot takkin the speedometer tae bits? Weel, if ah were tae run the motor backwards fur lang eneuch, then obviously that wid dae it. Surely the numbers wid chickle backwards? But wha's gonnae drive a flamin motor in reverse fur thoosands and thoosands o mile? Ye couldnae dae it.'

'Course ye couldnae,' young Michael said.

'So ah scart ma heid,' the faither said. 'Ah use ma brains. When ye've been gien a fine brain like mines, ye huv tae use it. And aw o a sudden, the answer whaps me. Ah'm tellin ye, ah felt jist like thon ither flinty fella must huv felt when he discovert penicillin. "Eureka!" ah cried. "Ah've got it!"'

'Whit did ye dae, Da?' the son asked him.

'The speedometer,' Mr Wormwidd said, 'is run aff a cable that's coupled tae yin o the front wheels. So first ah disconnect the cable whaur it jynes the front wheel. Next ah get yin o thae high-speed electric drills and ah couple that up tae the end o the cable in sic a way that when the drill turns, it turns the cable *backwards*. Ye unnerstaund thus faur? Are ye wi me?'

'Aye, Daddy,' young Michael said.

'These drills run at an extraordinar speed,' the faither said, 'so when ah switch on the drill the mileage numbers on the speedo birl backwards at a byous rate. Ah can sned fifty thoosand mile aff the clock in nae time wi ma high-speed electric drill. And by the time ah've finished, the motor's only done ten thoosand mile and it's ready fur sale. "She's near new," ah say tae the customer. "She's done bare ten thoosand. Belanged tae an auld wifie wha only used it wanst a week tae dae her messages."'

'Can ye really turn the mileage back wi an electric drill?' young Michael asked.

'Ah'm tellin ye trade secrets,' the faither said. 'So dinnae go bletherin aboot this tae onybody else. Ye dinnae want me tae get the jyle, dae ye?'

'Ah'll no tell a sowl,' the laddie said. 'D'ye dae this tae a lot o motors, Da?'

'Ilka motor that passes through ma haunds gets the treatment,' the faither said. 'They aw get their mileage clippit tae unner ten thoosand afore they're pit up fur sale. And tae think ah inventit it aw by masel,' he added pauchtily. 'It's made me a fortune.'

Matilda, wha had been listenin closely, said, 'But Daddy, that's even mair foutie than the sawdust. It's feechie. Ye're cheatin folk that trust ye.'

'If ye dinnae like it then dinnae eat the dinners in this hoose,' her faither said. 'They're bocht wi the profits.'

'It's manky siller,' Matilda said. 'Ah hate it.'

Twa rid spots appeared on the faither's cheeks. 'Wha the deevil dae ye think ye are,' he shouted, 'the Archbishop o Canterbury or somethin, preachin tae me aboot honesty? Ye're jist a sappie-heidit wee sowf wha husnae a scooby whit ye're witterin on aboot.'

'Quite richt, Harry,' the mither said. And tae Matilda she said, 'You've some nerve talkin tae yer faither like that. Noo keep yer manky mooth shut so we can aw watch this programme in peace.'

19

They were in the livin-room eatin their dinners on their knees in front o the telly. Their dinners were ready-meals in floppy aluminium containers wi separate compartments fur the stewed meat, biled tatties and the peas. Mrs Wormwidd sat ramshin her food wi her een glued tae the American soap on the screen. She wis a bowsie wumman whase hair wis dyed

platinum blond except whaur ye could see the dirty-fair bits growin oot fae the roots. She wis plaistered in make-up and she had wan o thae bumflie fozie figures whaur the flesh appears tae be strapped in aw roond the body tae stop it fawin oot.

'Mammy,' Matilda said, 'Wid ye mind if ah et ma dinner in the dinin-room so ah could read ma book?'

The faither keeked up shairply. 'Ah wid mind!' he gurled. 'Dinner is a faimly gaitherin and naebody leaves the table till it's ower!'

'But we're no at the table,' Matilda said. 'We never are. We're aye eatin aff wir knees and watchin the telly.'

'Whit's wrang wi watchin the telly, may ah ask?' the faither said. His voice had suddenly become saft and unchancy.

Matilda didnae trust hersel tae answer him so she kept silent. She could feel the dirdum beelin up inside her. She kent it wis wrang tae hate her mither and faither like this but she couldnae help hersel. Aw the readin she had done had gien her a view o life that they had never seen. If only they wid read a wee bit Dickens or Kipling they wid soon discover there wis mair tae life than begowkin folk and watchin the telly.

Anither thing. She took it ill tae be constantly tellt

she wis donnert and dozie when she kent she wisnae. Her wrath kept beelin and beelin inside her, and as she lay in her bed that nicht she made a decision. She decided that every time her faither or mither wis scunnersome wi her she wid get her ain back in some way or anither. A wee victory or twa wid help her tae thole their haivers and stop her fae gaun gyte. Ye huv tae mind that she wis bare five year auld and it isnae easy fur somebody as wee as that tae get the better o an aw-powerfu adult. Even so, she wis dead set on giein it a go. Her faither, efter whit had happened in front o the telly that nicht, wis first on her leet.

The Bunnet and the Superglue

Neist morn, jist afore the faither left fur his bowfin second-haund car garage, Matilda jinked intae the lobby press and took haud o the bunnet he wore every day tae his work. She had tae staund on her taes and streetch up as high as she could wi a walkin stick so she could hook the bunnet aff the dook, and even then she'd only jist done it. The bunnet itsel wis wan o thae flat-topped pork-pie yins wi a pyot's fedder stuck in the hat-band and Mr Wormwidd wis richt vauntie aboot it. He thocht it gied him a braw swankie look, particularly when he wore it at an angle wi his gallus checky jaickit and green tie.

Matilda, haudin the bunnet in wan haund and a thin tube o Superglue in the ither, proceedit tae knidge a line o glue richt dinkly aw roond the rim o the bunnet. Then she tentily hooked the bunnet back on tae the dook wi the walkin stick. She timed this task richt cannily, applyin the glue jist as her faither wis risin fae the breakfast table.

Mr Wormwidd never noticed onythin when he pit his bunnet on but when he arrived at the garage he couldnae get it aff. Superglue is gey powerfu, that strang it will harl the skin aff ye if ye pull ower haurd. Mr Wormwidd didnae want tae be scalpit so he hud tae keep the bunnet on his heid the hale day lang, even when he wis pittin sawdust in the gear-boxes and

pauchlin the mileages o motors wi his electric drill. So that he widnae look like a total tumshie he acted aw easy-osy, hopin his workers wid think he actually meant tae keep his bunnet on the hale day lang, jist fur the sake o it, like the gangsters in the films.

When he got hame that nicht he still couldnae get his bunnet aff. 'Dinnae be daft,' his wife said. 'Come here. Ah'll get it aff fur ye.'

She yerked the bunnet shairply. Mr Wormwidd let oot a roar that gart the windae-panes dirl. 'Ow-w-w!' he skraiched. 'Dinnae dae that! Let go! Ye'll tak hauf the skin aff ma foreheid.'

Matilda, cooried in her usual chair, wis watchin this cairry-on wi some interest, ower the edge o her book. 'Whit's up, Daddy?' she said. 'Has yer heid suddenly swallt up or somethin?'

The faither glowered at his dochter wi deep suspicion but said naethin. How could he? Mrs Wormwidd said tae him, 'It must be Superglue. It cannae be onythin else. That'll teach ye tae footer wi feechie stuff like thon. Ah bet ye were tryin tae stick anither fedder in yer bunnet.'

'Ah've no touched the mingin stuff!' Mr Wormwidd bawled. He turnt and looked again at Matilda, wha looked back at him wi big innocent broon een.

Mrs Wormwidd said tae him, 'Ye need tae read the label on the tube afore ye stert guddlin aboot wi dangerous products. Aye follow the instructions on the label.'

'Whit in the name o the wee man are ye bletherin aboot, ya dozie bizzum?' Mr Wormwidd roared, haudin the brim o his bunnet tae stop onybody tryin tae haul it aff again. 'D'ye think ah'm that gawpit ah'd glue this thing tae ma heid on purpose?'

Matilda said, 'There's a laddie doon the street that

got some Superglue on his finger but he never kent he'd done it, and then he pit his finger up his neb.'

Mr Wormwidd jimped. 'Whit happened tae him?' he spleutered.

'His finger got stuck inside his neb,' Matilda said, 'and he had tae go aboot like that fur a week. Folk kept sayin tae him, "Stop pickin yer neb," and he couldnae dae onythin. He looked a richt tumshie.'

'Served him richt,' Mrs Wormwidd said. 'He shouldnae huv pit his finger up his neb in the first place. It's a clarty habit. If every bairn had Superglue pit on their fingers they'd soon stop daein it.'

Matilda said, 'Big folk dae it too, Mammy. Ah seen ye daein it yesterday in the kitchen.'

'That's eneuch fae you,' Mrs Wormwidd said, takkin a riddy.

Mr Wormwidd had tae keep his bunnet on aw the way through his tea in front o the television. He looked a richt eejit and he never said a word.

When he gaed tae his bed he tried again tae get the thing aff but it widnae shift. 'How am ah gaun tae get ma shower?' he demanded.

'Ye'll jist huv tae dae wioot it, won't ye,' his wife tellt him. And later on, as she watched her shilpit wee man smookin aboot the bedroom in his purple-strippit pyjamas wi a pork-pie bunnet on his heid, she thocht how glaikit he looked. Haurdly the kind o man a wife dreams o, she tellt hersel.

Mr Wormwidd fund that the worst thing aboot huvin a permanent bunnet on his heid wis huvin tae

sleep in it. It wis impossible tae get his heid comfy on his pillae. 'Noo stop ficherin aboot,' his wife said tae him efter he had been tirlin and birlin fur aboot an hour. 'Ah doubt it'll be lowse the morra and then it'll slidder aff easy.'

But it wisnae lowse by the morn and it widnae slidder aff. So Mrs Wormwidd took a perra scissors and cut the thing aff his heid, bit by bit, first the tap and then the brim. Whaur the inside band had stuck tae the hair aw roond the sides and back, she had tae shaggle the hair aff richt tae the skin so he ended up wi a baldy white ring roond his heid, like some kind o monk. And in the front, whaur the band had stuck richt ontae the bare skin, there wis a hale load o broon laithery stuff ye couldnae wash aff, nae matter how ye tried.

At breakfast, Matilda said tae him, 'Ye'll need tae try tae get thae bits aff yer brinkie-broo, Daddy. It looks as if ye've got wee broon beasties sprauchlin aw ower ye. Folk'll think ye're lowpin wi nits.'

'Shut yer geggie!' the faither snappit. 'Jist keep yer mawkit mooth shut, will ye?'

Aw in aw it wis a braw ploy. But it wis surely ower muckle tae hope that it had taucht her faither a permanent lesson.

The Ghaist

It wis calm eneuch in the Wormwidd hoose fur aboot a week efter the Superglue episode. Gaun through aw that had certainly pit Mr Wormwidd's gas at a peep and he had lost his relish fur blousterin and breengin.

Then suddenly he struck again. Mibbe his day at the garage hud been mince, and he hadnae sellt eneuch manky second-haund motors. There's mony a thing can mak a man crabbit when he comes hame fae work at nicht and a canny wife will usually spot the gaitherin storm and leave him alane till he simmers doon.

When Mr Wormwidd arrived back fae the garage thon nicht his face wis daurk as a thunder-cloud and somebody wis clearly cruisin fur a bruisin pretty soon. His wife kent the signs richt awa and made hersel scarce. He then stramped intae the livin-room. Matilda wis cooried in an armchair in a corner, lost in her book. Mr Wormwidd switched on the television. The screen lit up. Mr Wormwidd glowered at Matilda. She hadnae moved. She had somehow trained hersel by noo tae block her lugs tae the gruesome soond o the dreided box. She kept on readin, and fur some reason this pit the birse up her faither. Mibbe his dirdum wis raised even mair because he seen her gettin pleisure fae somethin he couldnae reach.

'Dae ye never stop readin?' he snipped at her.

'Hiya, Daddy,' she said doucely. 'Did ye huv a guid day?'

'Whit's this mince?' he said, wheechin the book fae her haunds.

'It's no mince, Daddy. It's braw. It's cried *The Rid Pony*. It's by John Steinbeck, an American scriever. Jist gie it a go – ye'll luve it.'

33

'Clart,' Mr Wormwidd said. 'If it's by an American it's bound tae be clart. That's aw they scrieve aboot.'

'Naw, Daddy, it's bonnie, honest it is. It's aboot . . .'

'Ah dinnae want tae ken whit it's aboot,' Mr Wormwidd yowfed. 'Ah'm scunnered wi ye readin onyhow. Go and fund yersel somethin usefu tae dae.' Wi frichtsome suddenness he noo sterted tae rive the

pages oot the book in haundfus and fling them intae the waste-paper bin. Matilda stood frozent in dreid. The faither kept gaun. There seemed nae doubt that the mannie felt some kind o jealousy. How daur she, he seemed tae say wi each rive o a page, how daur she delicht in readin books when he couldnae? How daur she?

'Thon's a library book!' Matilda cried. 'It doesnae belang tae me. Ah need tae tak it back tae Mrs Phelps!'

'Then ye'll huv tae buy anither, won't ye?' the faither said, still rivin the pages. 'Ye'll need tae save yer siller till there's eneuch tae buy a new yin fur yer precious Mrs Phelps, won't ye?' Wi that he drapped the noo empty batters o the book intae the bin and mairched oot the room, leavin the telly bellochin.

Maist bairns in Matilda's place wid huv burst oot greetin. She never. She sat there verra still and white and pensefu. She seemed tae ken that neither greetin nor huffin ever got ye onywhaur. The only canny thing tae dae, as Napoleon wanst said, is tae coonter attack. Matilda's mervellous gleg mind wis awready at work, devisin yet anither fittin punishment fur the pizenous parent. However the scheme that wis stertin tae cleck in her mind depended on if Fred's parrot wis really as guid a talker as Fred made oot.

Fred wis a pal o Matilda's. He wis a wee laddie o six wha bided roond the corner fae her, and fur days he had been glaiberin aboot this braw bletherin parrot his faither had gien him.

So neist efternoon, as soon as Mrs Wormwidd had left in her motor fur anither session o bingo, Matilda set aff fur Fred's hoose tae investigate. She chapped on his door and asked if he wid be couthy eneuch tae let her see the famous bird. Fred wis dead chuffed and took her up tae his bedroom whaur a truly byous blue and yella parrot was sittin in a tall cage.

'There it's,' Fred said. 'It's cried Napper.'

'Mak it talk,' Matilda said.

'Ye cannae *mak* it talk,' Fred said. 'Ye huv tae gie it time. It'll talk when it feels like it.'

They hung aboot, waitin. Suddenly the parrot said, 'Hiya, hiya, hiya.' It wis exactly like a human voice. Matilda said, 'Thon's amazin! Whit else can it say?'

'Brattle ma banes!' the parrot said, giein a grand imitation o an eldritch voice. 'Brattle ma banes!'

'He's aye sayin that,' Fred tellt her.

'Whit else can he say?' Matilda asked.

'That's aboot it,' Fred said. 'But it's pure magic, d'ye no think?'

'It's a beezer,' Matilda said. 'Will ye gie me a len o him jist fur the wan nicht?'

'Naw,' said Fred. 'Nae chance.'

'Ah'll gie ye aw ma next week's siller,' Matilda said.

That wis different. Fred thocht aboot it fur a few seconds. 'Aw richt, then,' he said, 'if ye promise tae bring him back the morra.'

Matilda stottered back tae her ain empty hoose, cairryin the tall cage in baith haunds. There wis a muckle ingle in the dinin-room and she noo set aboot wedgin the cage up the lum and oot o sicht. This wisnae that easy, but she managed it in the end.

'Hiya, hiya, hiya!' the bird cried doon tae her. 'Hiya, hiya!'

'Shut yer geggie, ya numptie!' Matilda said and she gaed oot tae wash the stoor aff her haunds.

Thon nicht while the mither, the faither, the brither and Matilda were haein their tea as usual in front o the television, a voice came loud and clear fae the

dinin-room across the lobby. 'Hiya, hiya, hiya!' it said.

'Harry!' cried the mither, turnin peeliewallie. There's somebody in the hoose! Ah heard a voice!'

'So did ah!' the brither said. Matilda jimped up and turnt aff the telly. 'Wheesht!' she said. 'Listen!'

They aw stopped eatin and sat there verra tense, listenin.

'Hiya, hiya, hiya!' came the voice again.

'There it is!'cried the brither.

'It's burglars!' hissed the mither. 'They're in the dinin-room!'

'Ah think they are,' the faither said, never budgin.

'Then go and get them, Harry!' hissed the mither. 'Gang oot and catch them rid-haunded!'

The faither never moved. He seemed in nae haste tae breenge in and be a hero. His face had turnt grey.

'Get a move on!' hissed the mither. 'They're likely efter the siller.'

The mannie wiped his lips nervously wi his napkin. 'Let's aw gang thegether tae look,' he said.

'Come on then,' the brither said. 'Come on, Mammy.'

'They're definitely in the dinin-room,' Matilda whispered. 'Ah'm sure they are.'

The mither grabbed a poker fae the ingle. The faither took a golf club that wis staundin in the corner. The brither seized a table lamp, yankin the plug oot its socket. Matilda took the knife she had been eatin wi, and the four o them creepit towards the dinin-room, the faither keepin weel ahint the ithers.

'Hiya, hiya, hiya!' cried the voice again.

'Come on!' Matilda gollered and she burst intae the room, brandishin her knife. 'Stick 'em up!' she yelloched. 'We've caught ye!' The ithers followed her, wavin their weapons. Then they stopped. They gawped aroond the room. There wis naebody there.

'There's naebody here,' the faither said, in great relief.

'Ah heard him, Harry!' the mither skraiched, still tremmlin. 'Ah distinctly heard his voice. So did you!'

'Ah'm sure ah heard his voice!' Matilda cried. 'He's

in here somewhaur!' She sterted searchin ahint the settee and the curtains.

Then came the voice wanst again, saft and eldritch noo. 'Brattle ma banes,' it said. 'Brattle ma banes.'

They aw jimped, Matilda and aw, as she wis no a bad actress. They stared roond the room. There wis still naebody there.

'It's a bogle,' Matilda said.

'Heaven help us!' skraiched the mither, gruppin her man roond the hause.

'Ah ken it's a bogle!' Matilda said. 'Ah've heard it here afore! This chaumer is haunted! Ah thocht yous kent that.'

'Save us!' the mither skraiched, near thrapplin her man.

'Ah'm awa,' said the faither, lookin mair peelie-wallie than ever noo. They aw uptailed, clatterin the door ahint them.

Neist efternoon, Matilda managed tae haul a raither stoory and girnie-faced parrot doon fae the lum and oot the hoose wioot bein seen. She cairried it through the back door and ran wi it aw the way tae Fred's hoose.

'Did it behave itsel?'

'We had a bonnie time wi it,' Matilda said. 'Ma mither and faither luved it.'

Arithmetic

Matilda wis hert-sair fur her mither and faither tae be guid and luvin and unnerstaundin and honest and sonsie and gleg. The fact that they were nane o these things wis somethin she had tae thole. It wisnae easy. But the new game she had invented, o punishin wan or baith o them whenever they didnae treat her richt, made her life mair or less tholeable.

Because she wis an awfie wee lassie, the only power Matilda had ower onybody in her faimly wis brain-power. She wis that clivvir she could run rings roond them aw. But the fact remained that ony five-year-auld lassie in ony faimly aye had tae dae as she wis tellt, nae matter how daft the orders micht be. So they gart her eat her meals oot o TV dinner trays in front o the dreided box. She aye had tae bide alane on weekday efternoons, and whenever she wis tellt tae shut her geggie, she had tae shut her geggie.

Her safety-valve, the thing that stopped her fae gaun clean gyte, wis the daffery o thinkin on and giein oot these pure braw punishments, and the bonnie thing wis that they seemed tae dae the trick, fur a wee while onyhow. The faither in particular sterted tae get less big-heidit and fashious efter gettin a dose o Matilda's magic medicine.

The parrot up the lum stramash nae doubt sorted the mither and faither oot and fur ower a week they were jist aboot civil tae their wee dochter. The neist lowse-up came wan nicht in the livin-room. Mr Wormwidd had jist come back fae his work. Matilda and her brither were sittin doucely on the settee, waitin fur their mither tae bring in the TV dinners on a tray. The television hadnae been turnt on yet.

In came Mr Wormwidd in a gallus checky suit and a yella tie. The ugsome wide orange-and green check o the jaickit and breeks near blinded ye. He looked like a scourie bookie done up tae the nines fur his dochter's weddin, and he wis as high as a kite thon nicht. He sat doon in his armchair and rubbed his haunds thegether and spoke tae his son in a loud voice. 'Weel, ma lad,' he said, 'yer faither's had a stoater o a day. He's a sicht richer than he wis this morn. He hus sellt nae less than five motors, every wan at a guid profit. Sawdust in the gear-boxes, the electric drill on the speedometer cables, a daud o paint here and there and a wee bit joukery-powkery and the eejits were trippin ower theirsels tae buy them.'

He fished a bit o paper fae his pooch and studied it. 'Listen, son,' he said, speakin tae his son and payin nae heed tae Matilda, 'seein as how ye'll be gaun intae the business wi me wan day, ye huv tae ken how tae add up the profits ye mak at the end o the day. Go and get yersel a jotter and a pencil and let's see how clivvir ye are.'

The laddie obediently gaed oot the room and came back wi a jotter and pencil.

'Scrieve these figures,' the faither said, readin fae

his bit o paper. 'Motor number wan wis bocht by me fur twa hunner and seeventy-eicht pund and sellt fur wan thoosand four hunner and twenty-five. Got that?'

The ten-year-auld laddie scrieved the twa separate amounts, slow and eident.

'Motor number twa,' the faither gaed on, 'cost me wan hunner and eichteen pund and ah sellt it fur seeven hunner and sixty. Got it?'

'Aye, Da,' the laddie said. 'Ah've got it.'

'Motor number three cost wan hunner and eleeven

pund and ah sellt it fur nine hunner and ninety-nine pund and fifty pence.'

'Gonnae say that again,' the laddie said. 'How much did ye sell it fur?'

'Nine hunner and ninety-nine pund and fifty pence,' the faither said. 'And thon, by the way, is anither o ma gleg wee jinks tae begunk the customer. Never ask fur a big roond figure. Aye say nine hunner and ninety-nine fifty. It soonds a lot less but it isnae. Clivvir, intit?'

'Awfie,' the laddie said. 'You're some man, Da.'

'Motor number four cost eichty-six pund – a pure bummer that wis – and ah sellt it fur six hunner and ninety-nine pund fifty.'

'Slow doon,' the laddie said, scrievin the numbers. 'Richt. Ah've got it.'

'Motor number five cost six hunner and thirty-seeven pund and sellt fur sixteen hunner and forty-nine fifty. Ye got aw thae figures doon, son?'

'Aye, Da,' the laddie said, hunkerin ower his jotter and scrievin carefully.

'Richt,' the faither said. 'Noo work oot the profit ah made on each o the five motors and add up the total. Then ye can tell me how much siller yer sparkie faither made the day.'

'That's a gey wheen o sums,' the laddie said.

'Of course it's a gey wheen o sums,' the faither answered. 'But when ye've a guid business like mines, ye huv tae be gey snell at arithmetic. Ah've practically got a computer inside ma heid. It took me less than ten minutes tae work the hale thing oot.'

'Ye done aw that in yer heid, Da?' the son said, gawpin.

'Weel, no exactly,' the faither said. 'Naebody could dae that. But it didnae tak me lang. When ye're done, tell me whit ye think ma profit wis fur the day and ah'll tell ye if ye're richt.'

Matilda said, quietlike, 'Daddy, ye made exactly four thoosand, three hunner and three pund and fifty pence awthegether.'

'Keep yer neb oot,' the faither said. 'Me and yer brither are busy wi high finance.'

'But Daddy . . .'

'Shut yer geggie,' the faither said. 'Stop jalousin and tryin tae be smairt.'

'Look at yer answer, Daddy,' Matilda said, saftlike. 'If ye've done it richt it should be four thoosand three hunner and three pund and fifty pence. Is that whit ye've got, Daddy?'

The faither keeked doon at the paper in his haund. He seemed tae stiffen. He grew gey quiet. There wis a silence. Then he said, 'Say that again.'

'Four thoosand three hunner and three pund fifty,' Matilda said.

There wis anither silence. The faither wis stertin tae tak a big riddy.

'Ah'm sure it's richt,' Matilda said.

'Ya . . . wee swick!' the faither suddenly yauled. 'Ye keeked at ma bitty paper! Ye read it affy whit ah've wrote here.'

'Daddy, ah'm awa ower here at the ither side o the room,' Matilda said. 'How in the name o the wee man could ah see it?'

'Havers!' the faither bawled. 'Of course ye keeked! Ye must huv keeked! Naebody in the world could get the richt answer jist like that, especially a lassie! Ye're a wee cheater, ma lady, that's whit ye ur! A swick and a liar!'

Jist then, the mither came in cairryin a big tray wi four dinners on it. The day it wis fish suppers, which Mrs Wormwidd got at the chip shop on her way hame fae the bingo.

Apparently the bingo efternoons left her that wabbit, baith physically and emotionally that she never had eneuch energy left fur cookin. So if it wisnae TV dinners it had tae be fish suppers. 'How come ye've got a beamer, Harry?' she said as she pit the tray doon on the coffee-table.

'Yer dochter's a swick and a liar,' the faither said, takkin his plate o fish and pittin it on his knees. 'Turn on the telly and let's huv nae mair blethers.'

The Platinum-Blond Man

There wis nae doubt in Matilda's mind that this latest display o fousome behaviour hud tae be punished and as she sat eatin her mingin fried fish and fried chips and ignorin the television, her brain set tae work on aw the possibilities. By the time she gaed tae her bed her mind wis made up.

Neist morn she got up at the crack o dawn and gaed intae the bathroom and snecked the door. As we ken awready, Mrs Wormwidd's hair wis dyed platinum blond, jist like the glisterin tights o a wumman tightrope walker in a circus. She hud it done properly twice a year at the hairdresser's, but near every month inatween, Mrs Wormwidd freshened it up by giein it a rinse in the washbasin wi somethin cried PLATINUM BLONDE HAIR-DYE EXTRA STRANG. This wis also used tae dye the hackit broon hairs that kept growin unnerneath. She kept the bottle o PLATINUM BLONDE HAIR-DYE EXTRA STRANG in the press in the bathroom and unner the title on the label were scrieved the words *Caw canny, this is peroxide. Keep awa fae bairns.* Matilda had read it loads o times wi fascination.

Matilda's faither had a grand heid o black hair that he wore in a middle shed. 'Guid strang hair,' he luved tae say, 'means there's a guid strang brain unner it.'

'Like Shakespeare, Daddy.'

'Like who?'

'Shakespeare, Daddy.'

'Wis he brainy?'

'Awfie, Daddy.'

'He'd a rush o hair, did he?'

'He wis baldy, Daddy.'

Her faither gurred, 'If ye cannae talk sense then haud yer wheesht.'

Onyhow, Mr Wormwidd kept his hair lookin

bricht and strang, or so he thocht, by rubbin a hantle
o lotion cried OIL O VIOLETS HAIR TONIC intae it every
morn. There wis a bottle o this bowfin purple broo
on the shelf abuin the sink in the bathroom alang wi
aw the toothbrushes and, efter he'd finished shavin,
he gied his scaup a richt guid rub wi OIL O VIOLETS.
His hair and scaup massage wis aye accompanied by
great pechs o breath and loud gruntlin and souchs o
'That's the gemme! Rub it richt in! Gie it laldy!' that

Matilda could hear in her bedroom on the ither side o the lobby.

In the early mornin privacy o the bathroom, Matilda feezed aff the tap o her faither's OIL O VIOLETS and papped three quarters o it doon the stank. Then she filled the bottle up wi her mither's PLATINUM BLONDE HAIR-DYE EXTRA STRANG. She cannily left a wheen o her faither's original hair tonic in the bottle so that when she gied it a guid shoogle the hale thing looked purple eneuch. She then set the bottle on the shelf abuin the sink, takkin tent tae pit her mither's bottle back in the press. So faur, so guid.

At breakfast time Matilda sat doucely at the dinin-room table eatin her cornflakes. Her brither sat forenent her wi his back tae the door, gollopin dauds o breid slathered wi a mixter-maxter o peanut butter and strawberry jeely. The mither wis jist oot o sicht roond the corner in the kitchen makkin Mr Wormwidd's breakfast, which aye hud tae be twa fried eggs on fried breid wi three pork sausages and three strips o bacon and a puckle fried tomatoes.

Jist then Mr Wormwidd breenged intae the room. There wis nae way he could ever come intae a chaumer doucely, especially at breakfast time. He aye hud tae prink in and make a stushie so everybody wid notice him. Ye could almost hear him cry, 'Here ah'm ur, the big man, the high heid yin, the maister o the hoose, the wan that earns the siller, the wan that maks it possible fur the rest of ye tae live so weel. Heed me and pay yer respects!'

The day he swashed in and skelped his son on the back and roared oot, 'Weel ma lad, yer faither's in fur anither grand siller-makkin day at the garage! Ah've got a few wee crackers ah'm gonnae sell tae the eejits this mornin. Whaur's ma breakfast?'

'It's comin, ma cushie-doo,' Mrs Wormwidd cried frae the kitchen.

Matilda kept her coupon bent ower her cornflakes. She didnae daur look up. First she wisnae sure at aw whit she wis gonnae see. And second, if she did see whit she thocht she wis gonnae see, she widnae trust hersel tae keep her face straight. The son wis lookin straight aheid oot the windae, stappin hissel fu o breid and peanut-butter and strawberry jeely.

The faither wis jist movin roond tae sit at the heid o the table when the mither bairged in fae the kitchen cairryin a muckle plate hoatchin wi eggs and sausages and bacon. She looked up. She seen her man. She stopped deid. Then she let oot a roar that seemed tae heeze her sky-high and she drapped the plate wi a blatter and a spleuter ontae the flair. Everybody jimped, includin Mr Wormwidd.

'Whit in the name o the wee man's up wi ye, wumman?' he bawled. 'Look at the slorach ye've made on thon carpet!'

'Yer *hair*!' the mither wis skraichin, pointin a shoogly finger at her man. 'Check yer *hair*! Whit've ye done tae yer *hair*?'

'Whit's wrang wi ma hair, fur Pete's sake?' he said.

'Oh, mammy daddy, whit've ye done tae yer hair,

Da?' the son yelloched.

A rid-hot rammy wis brewin up in the breakfast room.

Matilda never said a word. She jist sat there, richt vauntie wi the byous result o her ain haundiwork. Mr Wormwidd's muckle rush o black hair wis noo a manky silver, this time the colour o a tightrope walker's tights that hadnae been washed fur the hale circus season.

'Ye've . . . ye've . . . dyed it!' skraiched the mither. 'Whit did ye dae it fur, ya bampot! It looks like a dug's bahookie! Ye look like a numptie!'

'Whit the blazes ur ye aw talkin aboot?' the faither yelloched, pittin baith haunds tae his heid. 'Ah've no dyed it! Whit d'ye mean ah've dyed it? Whit's wrang wi it? Are yous takkin a rise ooty me?' His coupon wis turnin greenichtie, the colour o wersh aipples.

'Ye must huv dyed it, Da,' the son said. 'It's the same colour as Mammy's, only much clartier-lookin.'

'Of course he's dyed it!' the mither yauled. 'It cannae change colour aw by itsel! Whit in the name o the wee man were ye ettlin tae dae, mak yersel look swankie or somethin? Ye look like somebody's grannie gaun wrang!'

'Gie's a mirror!' the faither belloched. 'Dinnae jist staund there skraichin at me! Gie's a mirror!'

The mither's haundbag lay on a chair at the ither end o the table. She opened the bag and got oot a pooder compact that had a wee roond mirror on the inside o the lid. She opened the compact and haunded it tae her man. He grabbed it and held it afore his coupon, skiddlin maist o the pooder aw ower his fantoosh tweed jaickit.

'Ca canny!' skraiched the mither. 'Check whit ye've done! Thon's ma best Elizabeth Arden face pooder!'

'In the name o the wee man!' bawled the faither, gawpin intae the wee mirror. 'Whit's happened tae

me! Ah look hackit! Ah look jist like you, but aw wrang! Ah cannae gang doon tae the garage and sell motors like this! How did it happen?' He stared roond the room, first at the mither, then at the son, then at Matilda. 'How *could* it huv happened?' he belloched.

'Ah think, Daddy,' Matilda said quietlike, 'that ye werenae lookin richt and ye jist took Mammy's bottle o hair stuff affy the shelf insteid o yer ain.'

'Of *course* that's whit happened!' the mither cried. 'Aw Harry, how sappie-heidit can ye get? How come ye didnae read the label afore ye sterted splooshin the stuff aw ower yersel! Ma lotion's pure strang. Ye're only meant tae use wan tablespoon o it in a hale basin o watter and ye've gaed and pit it aw ower yer heid

57

neat! It'll likely tak aw yer hair aff! Is yer scaup stertin tae burn, darlin?'

'D'ye mean ah'm gonnae loss aw ma hair?' the mannie yowled.

'Ah think so,' the mither said. 'Peroxide is a gey powerfu chemical. It's whit they pit doon the cludgie tae disinfect the pan, but they gie it anither name.'

'Whit ur ye sayin?' the husband wailed. 'Ah'm no a lavvy pan. Ah dinnae want tae get disinfected!'

'When ah use it ah watter it doon,' the mither said, 'but even so it maks a gey wheen o ma hair fall oot, so it's onybody's guess whit's gonnae happen tae you. Ah'm surprised it didnae tak the hale tap o yer heid aff ye!'

'Whit am ah gonnae dae? Tell me whit tae dae afore it starts fawin oot!'

Matilda said, 'Ah'd gie it a guid wash, Daddy, if ah were you, wi soap and watter. But ye'll need tae get a shift on.'

'Will that change the colour back?' the faither speired, fleggit.

'Of course it wullnae, ya puddin,' said the mither.

'Then whit'll ah dae? Ah cannae go roond lookin like this fur the rest o ma life?'

'Ye'll huv tae get it dyed black,' the mither said. 'But wash it first or there'll be nane left tae dye.'

'Richt!' the faither gowled, lowpin intae action. 'Get me an appointment wi yer hairdresser this minute furra hair-dye job. Tell them it's an emergency! They'll huv tae chuck somebody else affy their leet.

Ah'm awa up the stair tae wash it oot noo!' The man-nie raced oot the room and Mrs Wormwidd, souchin deeply, gaed tae phone the beauty parlour.

'He does some taupit things noo and then, eh, Mammy?' Matilda said.

The mither, diallin the number on the phone, said, 'See, men urnae jist as gleg as they think they ur. Ye'll learn that when ye get a bittie aulder, hen.'

Miss Honey

Matilda wis a wee bittie late stertin the schuil. Maist bairns stert primary when they're five or even jist afore, but Matilda's mither and faither, wha werenae bothered wan way or the ither aboot their dochter's education, hud forgotten tae sort things oot in advance. She wis five and a hauf when she gaed tae schuil fur the first time.

The schuil fur the wee weans wis a dreich brick buildin cried Skelpem Haw Primary Schuil. There wis aboot twa hunner and fifty bairns aged fae five tae jist unner twelve year auld. The Heidie, the heid-bummer, the supreme mistress o the hale establishment wis a ramgunshoch wumman in her middle years, wha wis cried Miss Trunchbull.

Naturally Matilda wis pit in the bottom class, whaur there wis eichteen ither wee laddies and lassies aboot the same age. Their teacher wis cried Miss Honey and she couldnae huv been mair than twenty-three or twenty-four. She had a bonnie pale oval madonna face wi blue een and her hair wis licht broon. She wis that flimmer ye'd think if she fell ower she'd smatter intae a thoosand shivereens, like a cheeny shepherdess.

Miss Jennifer Honey wis a douce and quiet body, wha never roared and gret at onybody and haurdly ever smiled, but there's nae doubt she had a rare giftie fur bein luved by every bairnie in her care. She seemed tae truly unnerstaund how wee wans are aften bumbazed and owercome wi dreid the first time they're croodit thegether intae a classroom and huv tae dae whit they're tellt. Some unco warmth that ye could gey near touch shone oot o Miss Honey's face when she spoke tae a dumfoonert and hameseek new bairn.

Miss Trunchbull, the Heidie, wis somethin else. She wis a fell ugsome wumman, a frichtsome tyrannical monster wha gied the cauld creeps tae baith teachers and bairns. Fae faur awa, she made ye shidder, and when she came near ye could feel the uncannie heat radiatin fae her as though it wis fae a rid-hot poker. Miss Trunchbull never walked, she aye stramped like a storm-trooper wi lang strides and her airms swingin – when she bairged alang a corridor ye could actually hear her snocherin as she gaed, and if there wis a hiddle o weans in her road, she breenged richt through them like a tank, bairns skitin aff her left and richt.

Thank heaven there's no mony folk like her in the world, though there are some and we're aw likely tae come up agin at least yin o them in wir lifetime. If ye ever dae, jist behave as if ye've met a carnaptious rhinoceros oot in the wilds – speil the nearest tree and bide there till it gangs awa. This wumman's unco looks and unco ways are near impossible tae descrive, but ah will ettle tae dae it a wee bit later. But we'll let her be the noo and return tae Matilda and her first day in Miss Honey's class.

Efter the usual fyke o gaun through the names o the bairns, Miss Honey gied a split-new jotter tae each scholar.

'Ah hope ye've aw brocht yer ain pencils,' she said.

'Aye, Miss Honey,' they chaunted.

'Grand. Noo this is the verra first day o schuil fur every bairn in this class. It's the stert o at least eleeven lang year o schoolin that ye aw huv tae thole. And fur six o these year ye'll bide richt here in Skelpem Haw, whaur, as ye ken, yer Heidie is Miss Trunchbull. Fur yer ain guid let me tell ye somethin aboot Miss Trunchbull. She doesnae thole onybody in this schuil that steps oot o line, and if ye tak tent o whit ah'm sayin, ye'll dae yer verra best tae behave yersels when she's aboot. Nae argy-bargy, nae cheek, nae backchat. Aye dae whit she says. If ye rile her ye'll get yer heid in yer haunds tae play wi. It's no funny, Lavender. Tak thon smirk aff yer fizzog. If ye're canny, ye'll mind that Miss Turnbull is awfie awfie snell if onybody gets oot o line in this schuil. Dae ye unnerstaund?'

'Aye, Miss Honey,' chirpled eichteen eident wee voices.

'Ah want tae help ye tae learn as much as possible while ye're in this class. That's because ah ken it'll mak it easier fur ye later. For example, by the end o this week ah expect every wan o ye tae ken yer twa-times tables aff by hert. And in a year's time ah hope ye'll ken aw the times tables up tae twelve. It'll be a grand help if ye dae. Noo, huv ony o ye learnt yer twa-times tables awready?'

Matilda pit up her haund. She wis the only wan.

Miss Honey looked tentily at the toty wee lassie wi daurk hair and a thochtfu roond face sittin in the second row. 'Braw. Please staund and say as much of it as ye can.'

Matilda stood up and sterted tae say her twa-times tables. When she got tae twa times twelve is twenty-four she didnae stop. She kept gaun wi twa times

63

therteen is twenty-six, twa times fourteen is twenty-eicht, twa times fifteen is therty, twa times sixteen is . . .'

'Stop!' Miss Honey said. She hud been listenin bumbazed tae Matilda's gleg recitin, and noo she said, 'How faur can ye go?'

'How faur?' Matilda said. 'Weel, ah dinnae richt ken, Miss Honey. Quite a fair way, ah think.'

Miss Honey sat fur a minute tae get her heid roond whit Matilda hud said. 'D'ye mean,' she said, 'that ye could tell me whit twa times twenty-eicht is?'

'Aye, Miss Honey.'

'Whit is it?'

'Fifty-six, Miss Honey.'

'Whit aboot somethin haurder, like twa times four hunner and eichty-seeven? Can ye tell me that?'

'Ah think so, aye,' Matilda said.

'Ur ye sure?'

'Aye, Miss Honey, ah'm fairly sure.'

'Whit is it then, twa times four hunner and eichty-seeven?'

'Nine hunner and seeventy-four,' Matilda said richt awa. She spoke quietlike and polite wioot ony blousterin.

Miss Honey gawped at Matilda, pure dumfoonert, but when she spoke again she kept her voice level.

'That's braw,' she said. 'But of course the twa-times tables is a gey wheen easier than some o the bigger numbers. Whit aboot the ither times tables? D'ye ken ony o them?'

'Ah think so, Miss Honey. Ah think ah dae.'

'Which wans, Matilda? How faur huv ye got tae?'

'Ah . . . ah'm no richt sure,' Matilda said. 'Ah dinnae ken whit ye mean.'

'Whit ah mean is dae ye, fur example, ken yer three-times tables?'

'Aye, Miss Honey.'

'And the four-times?'

'Aye, Miss Honey.'

'Weel, how many dae ye ken, Matilda? D'ye ken aw the way up tae the twelve-times tables?'

'Aye, Miss Honey.'

'Whit ur twelve seevens?'

'Eichty-four,' Matilda said.

Miss Honey paused and leaned back in her chair ahint the plain table that sat in the middle o the flair in front o the class. She wis moidert by whit had happened but didnae let it show. She hud never kent a five-year-auld afore, or even a ten-year-auld, wha could multiply that easily.

'Ah hope the rest o ye are listenin tae this,' she said tae the class. 'Matilda is an unco lucky wee lassie. She hus wunnerfu parents wha huv awready learned her the times tables. Wis it yer mammy that taucht ye, Matilda?'

'Naw, Miss Honey, it wisnae.'

'Ye must hae a braw faither then. He must be a brilliant dominie.'

'Naw, Miss Honey,' Matilda said, quietlike. 'Ma daddy never taucht me.'

'Ye mean ye taucht yersel?'

'Ah dinnae richt ken,' Matilda said truthfully. 'It's jist that ah dinnae fund it haurd tae multiply wan number by anither.'

Miss Honey took a deep breath and souched oot slowly. She looked again at the wee lassie wi bricht een, staundin at her desk, that mensie and thochtfu. 'Ye say ye dinnae fund it haurd tae multiply wan number by anither,' Miss Honey said. 'Can ye try tae explain that a wee bittie?'

'Och,' Matilda said. 'Ah'm no richt sure.'

Miss Honey bided her time. The bairns were silent, aw listenin.

'For example,' Miss Honey said, 'if ah asked ye tae multiply fourteen by nineteen . . . Naw, that's too haurd . . .'

'It's twa hunner and sixty-six,' Matilda said, saftlike.

67

Miss Honey gawped at her. Then she lifted a pencil and quickly done the sum on a bit o paper. 'Whit did ye say it wis?' she said, lookin up.

'Twa hunner and sixty-six,' Matilda said.

Miss Honey pit doon her pencil and took aff her glasses and sterted tae polish the lenses wi a hankie. The bairns stayed quiet, watchin her and bidin their time tae see whit wid happen neist. Matilda wis still staundin at her desk.

'Noo, tell me, Matilda,' Miss Honey said, still polishin, 'try tellin me whit actually gangs on in yer heid when ye dae a multiplication like thon. Ye obviously huv tae work it oot somehow, but ye seem tae be able tae get the answer richt awa. Tak thon sum ye've jist done, fourteen times nineteen . . .'

'Ah . . . ah . . . ah jist pit the fourteen doon in ma heid and multiply it by nineteen,' Matilda said. 'Ah'm sorry ah dinnae ken how tae explain it. Ah've aye tellt masel that if a wee pocket calculator can dae it, so can ah.'

'And how no?' Miss Honey said. 'The human brain is an extraordinar thing.'

'Ah think it's a lot better than a daud o metal,' Matilda said. 'That's aw a calculator is.'

'Ye're dead richt,' Miss Honey said. 'Pocket calculators urnae allowed in this schuil onyhow.' Miss Honey wis feelin dwaibly. There wis nae doubt in her mind that she had met a truly by-ordinar mathematical brain, and words like 'bairnie-genius' and 'ingyne' were fleein through her heid. She kent

that thae kind o ferlies arise in the world fae time tae time, but only wanst or twice in a hunner year. Efter aw, Mozart wis jist five when he sterted composin and look at whit happened tae him.

'It's no fair,' Lavender said. 'How come she can dae it and we cannae?'

'Dinnae fash yersel, Lavender, ye'll soon catch up,' Miss Honey said, lyin through her teeth.

At this point Miss Honey couldnae resist the temptation tae reenge a bittie mair in the mind o this byous bairn. She kent that she should be takkin tent o the ither bairns but she wis that excitit she couldnae help hersel.

'Weel,' she said, makkin oot she wis speakin tae the

69

hale class, 'let's leave the sums fur a whilie and see if ony o ye huv sterted learnin tae spell. Haunds up onybody wha can spell cat?'

Three haunds gaed up. They belanged tae Lavender, a wee laddie cried Nigel and Matilda.

'Spell cat, Nigel.'

Nigel spelled it.

Miss Honey noo decided tae speir a question she widnae huv dreamed o askin the bairns on their first day. 'Ah'm wonderin,' she said,' if ony o ye three wha ken how tae spell cat huv learnt how tae read a wheen o words when they're jyned thegether in a sentence?'

'Ah huv,' Nigel said.

'Me an aw,' Lavender said.

Miss Honey gaed tae the board and scrieved wi her white chalk, *Ah've awready sterted tae learn how tae read lang sentences*. She'd made it difficult on purpose and she kent there were gey few five-year-aulds wha could dae it.

'Can ye tell me whit that says, Nigel?' she speired.

'It's too haurd,' Nigel said.

'Lavender?'

'The first word is Ah,' Lavender said.

'Can onybody read the hale sentence?' Miss Honey asked, waitin fur the 'aye' she wis sure wis gonnae come fae Matilda.

'Aye,' Matilda said.

'On ye go,' Miss Honey said.

Matilda read the sentence wioot switherin at aw.

'That's awfie, awfie grand,' Miss Honey said. 'How much *can* ye read, Matilda?'

'Ah think ah can read maist things, Miss Honey,' Matilda said, 'but ah'm no aye sure whit it aw means.'

Miss Honey got up and walked swippertly oot the room but in hauf a minute she wis back, cairryin a muckle book. She opened it at random and pit it on Matilda's desk. 'This is a book o funny poems,' she said. 'See if ye can read that yin oot loud.'

Smoothly, wioot a pause and at a douce speed, Matilda sterted tae read:

> 'An epicure dinin at Crewe
> Fund a muckle great moose in his stew.
> Cried the waiter, "Watch oot,
> Dinnae wave it aboot
> Or the rest'll be wantin wan too."'

Some o the bairns seen the funny side o the rhyme and sterted lauchin. Miss Honey said, 'D'ye ken whit an epicure is, Matilda?'

'Somebody wha's perjink aboot his eatin,' Matilda said.

'That's richt,' Miss Honey said. 'And d'ye happen tae ken whit this particular kind o poetry is cried?'

'It's cried a limerick,' Matilda said. 'That's a bonnie yin. It's that funny.'

'It's a weel-kent yin,' Miss Honey said, liftin the book and gaun back tae her table in front o the class.

'A knackie limerick is unco haurd tae scrieve,' she added. 'It looks easy but it's no.'

'Ah ken,' Matilda said. 'Ah've aften tried but mines ur never ony use.'

'Ye've hud a go, huv ye?' Miss Honey said, mair conflummixt than ever. 'Weel, Matilda, ah'd surely like tae hear wan o thae limericks ye say ye've been scrievin. Can ye try tae mind wan fur us?'

'Weel,' Matilda said, switherin, 'Ah've actually been ettlin tae cleck wan aboot you, Miss Honey, while we've been sittin here.'

'Aboot me!' Miss Honey cried. 'Jings, we'll need tae hear that yin, won't we?'

'Ah dinnae think ah want tae say it, Miss Honey.'

'Please say it,' Miss Honey said. 'Ah promise ah'll no mind.'

'Ah think ye will, Miss Honey, fur ah huv tae use yer first name tae mak it rhyme and that's how ah dinnae want tae say it.'

'How d'ye ken ma first name?' Miss Honey asked.

'Ah heard anither teacher sayin it jist afore we came in,' Matilda said. 'She cried ye Jenny.'

'We'll jist hae tae hear this limerick,' Miss Honey said, smilin wan o her rare smiles. 'Staund up and recite it.'

No really wantin tae, Matilda stood up and, dead slowly and nervously, she recited her limerick:

> 'The thing we aw ask aboot Jenny
> Is, "Surely there cannae be mony
> Young quines in the place
> With sae bonnie a face?"
> The answer tae this is, "*No ony!*"'

Miss Honey's pale and comlie face took a richt beamer. Then, yince again she smiled. It wis a muckle smile this time, wan o pure pleisure.

'Oh, thank ye, Matilda,' she said, still smilin. 'It's no true but it's still an unco guid limerick. Dearie dear, ah'll huv tae try tae mind it.'

Fae the third row o desks, Lavender said, 'It's braw. Ah like it.'

'It's true as weel,' said a wee laddie cried Rupert.

'Of course it's true,' Nigel said.

Awready the hale class had sterted tae be browdened on Miss Honey; though she'd no peyed ony heed tae onybody except Matilda.

'Wha taucht ye tae read, Matilda?' Miss Honey asked.

'Ah jist kind o taucht masel, Miss Honey.'

73

'And huv ye read ony books aw by yersel, ony bairnie books, ah mean?'

'Ah've read aw the books in the public library in the High Street, Miss Honey.'

'And did ye like them?'

'Ah liked a guid puckle o them,' Matilda said, 'but ah thocht ithers were a wee bit dreich.'

'Tell us yin that ye liked.'

'Ah liked *The Lion, the Witch and the Wardrobe*,' Matilda said. 'Ah ween Mr C. S. Lewis is a grand scriever. But he's got wan failin. There's nae funny bits in his books.'

'Ye're richt,' Miss Honey said.

'There's no mony funny bits in Mr Tolkien either,' Matilda said.

'D'ye think that every bairnie book should huv funny bits in it?' Miss Honey asked.

'Ah dae,' Matilda said. 'Weans urnae as dour as big folk and they luve tae lauch.'

Miss Honey wis dumfoonert by the wisdom o this toty wee lassie. She said, 'And whit ur ye gonnae dae noo that ye've read aw the bairnie books?'

'Ah'm readin ither books,' Matilda said. 'Ah get them oot the libary. Mrs Phelps is awfie couthie. She gies me a haund tae pick them.'

Miss Honey wis leanin faur-forrit ower her work-table, gawpin in wunner at this bairn. She hud noo completely forgotten aboot the rest o the class. 'Whit ither books?' she chirmed.

'Ah'm richt keen on Charles Dickens,' Matilda said. 'He maks me lauch a lot. Especially Mr Pickwick.'

Jist then the bell gaed and the class wis finished.

The Trunchbull

At playtime, Miss Honey left her classroom and gaed straight tae the Heidie's study. She wis up tae high doh. She'd jist met a wee lassie that wis, or so she thocht, extrordinar fell and gleg. There hudnae been time yet tae fund oot jist hoo sparkie the bairn wis but Miss Honey had learnt eneuch tae ken that somethin hud tae be done aboot it as soon as possible. It wid be ridiculous tae leave a wean like that in the bottom class.

Normally Miss Honey wis fair fleggit fae the Heidie and kept weel oot her road, but at this moment she wis ready tae tak on onybody. She chapped the door o the dreided private study. 'Come in!' boomed the brastlin voice o Miss Trunchbull. Miss Honey gaed in.

Noo maist heidies are chosen because they huv a wheen o fine qualities. They unnerstaund bairns and hae their best interests at hert. They are couthie. They are fair and tak a richt deep interest in education. Miss Trunchbull wis nane o these things and how she ever got this job wis a mystery.

She wis abuin aw a frichtsome wumman. She wis wanst a faur-kent athlete, and even noo she wis stieve and muscly. She'd a thrapple like a bull, wappin shooders, airms like tree trunks, sinewy wrists and great muckle shanks. She looked as if she could bend stainchels and rive the phone book in hauf. Her

76

coupon, ah huv tae say, wisnae a thing o beauty or a joy forever. She'd a contermacious chin, an ill-set mooth and pridefu wee een. And as fur her claes, they were richt queerlike. She aye hud on a broon cotton smock nippit in at the waist wi a braid leathern belt. The belt wis hesped in front wi a huge siller buckle. The bowsie hurdies that kythed fae unner the smock, were troussed in a perra gyre breeks, bottle-green and made o coorse twill. The breeks raxed ablow her knees, and fae there on doon she wore green stockins turnt ower at the tap, which showed aff her cauf-muscles bonnily. Her feet were shod in broon brogues wi leathern flaps. She looked mair like a camstairy flae-luggit follower o the hoonds than the heidie o a douce schuil fur bairns.

When Miss Honey came intae the study, Miss Trunchbull wis staundin by her muckle desk, glunchit, like a hen on a het girdle. 'Richt, Miss Honey,' she said. 'Whit d'ye want? Thon's some riddy ye've got on ye this morn. Ye're in a richt haister. Whit's up? Huv thae wee nyaffs been chuckin soggy bits at ye?'

'Naw, Miss Trunchbull. Naethin like that.'

'Whit is it then? Get on wi it. Ah dinnae huv aw day.' As she spoke, she raxed oot and poured hersel a gless o watter fae a jug that aye sat on her desk.

'There's a wee lassie in ma class cried Matilda Wormwidd . . .' Miss Honey sterted.

'That's the dochter o the man wha owns Wormwidd Motors in the clachan,' Miss Trunchbull bouffed. She rarely spoke in a normal voice. She either bouffed or gollered. 'A grand mannie, Wormwidd,' she gaed on.

'Ah wis there jist the ither day. He sellt me a motor. Near new. Only done ten thoosand mile. Last owner wis an auld wifie wha barely took it oot wanst a year. A brammer o a bargain. Aye, ah wis richt taen wi Mr Wormwidd. A tapper. He tellt me his dochter wis a richt skellum but. He said tae keep wir een on her. He said if onythin bad ever happened in the schuil, it wis sure tae be his dochter wha done it. Ah've no met the wee smool yet, but she'll ken aw aboot it when ah dae. Her faither said she's a richt wee plook.'

'Naw, Heidie, that cannae be richt!' Miss Honey yammered.

'Aye Miss Honey, it surely is. In fact, noo ah come tae think on it, ah bet it wis her that pit thon stink-bomb unner ma desk first thing this morn. This place wis mingin like a jaw-hole! Of course it wis her! Ah'm gonnae get her fur that, see if ah dinnae! Whit does she look like? A hingum-tringum gollach, nae doubt. Miss Honey, durin ma lang speal as a dominie, ah've discovert that a wickit lassie is faur mair frichtsome than a wickit laddie. Whit's mair, they're much haurder tae squash. Squashin a wickit lassie is like mashin a blaebummer. Ye wallop it and the fleggar isnae there. Clarty scunnersome waffs, wee lassies. Thank heavens ah never wis wan.'

'Ye must huv been a wee lassie wanst, Miss Trunchbull. Sure ye were.'

'No fur lang onyway,' Miss Trunchbull bouffed, grinnin. 'Ah turnt intae a wumman dead quick – nae hingin aboot.'

She's gane pure gyte, Miss Honey tellt hersel. She's as mad as a mawk. Miss Honey stood stievely afore the Heidie. For wanst she wisnae gonnae let hersel get pushed aroond by the Heidie. 'Ah huv tae tell ye, Miss Trunchbull,' she said, 'that ye're completely mistaken aboot Matilda pittin a stink-bomb unner yer desk.'

'Ah'm never mistaken, Miss Honey!'

'But Miss Trunchbull, the bairn only sterted the schuil this morn and gaed straight tae the class-room . . .'

'Dinnae argy-bargy wi me, fur heaven's sake, wumman! This wee bizzum Matilda or whitever she's cried, hus stink-bombed ma office! There's nae doubt aboot it! Thanks fur giein me the notion.'

'But ah never, Miss Trunchbull.'

'Aye ye did! Noo whit is it ye want, Miss Honey? How come ye're wastin ma time?'

'Ah wanted tae talk tae ye aboot Matilda, Miss Trunchbull. Ah've extraordinar things tae tell ye aboot this wean. Can ah please say whit happened in the classroom the noo?'

'Ah jalouse she set fire tae yer skirt and birsled yer knickers!' Miss Trunchbull snirtled.

'Naw! Miss Honey yammered. 'Matilda is a genius.'

At this word, Miss Trunchbull's coupon turnt purple and her hale body seemed tae sweel up like a puddock's. 'A genius!' she yelloched. 'Whit haivers is this ye're talkin? Yer heid's fulla mince. Her faither swears the wean is a wee bandit!'

'Her faither is wrang, Miss Trunchbull.'

'Dinnae be saft, Miss Honey! Ye met the wee raga-bash hauf an hour ago and her faither's kent her aw her life!'

But Miss Honey wis bent set on sayin her piece and she noo sterted tae descrive some o the byous things Matilda had done wi arithmetic.

'So she's learnt a puckle o times tables by hert, hus she?' Miss Trunchbull bouffed. 'Listen hen, that doesnae mak her a genius! It maks her a parrot!'

'But Miss Trunchbull, she can *read*.'

'So can ah,' Miss Trunchbull snashed.

'In ma opinion,' Miss Honey said, 'Matilda should be moved intae the tap class wi the P7s.'

'Aye richt!' snochtered Miss Trunchbull. 'So ye want tae get shot o her, dae ye? Ye cannae haunle her? So noo ye want tae dump her ontae donsie Miss Plimsoll in the tap class whaur she'll cause even mair heeliegoleerie?'

'Naw, naw!' pewled Miss Honey. 'That's no it!'

'Aye it is!' skelloched Miss Trunchbull. 'Ah ken whit ye're up tae! And ma answer is naw! Matilda bides whaur she is and it's up tae you tae mak sure she behaves hersel.'

'But Miss Trunchbull, please . . .'

'No anither word!' rousted Miss Trunchbull. 'Onyway, ah've made a rule in this schuil that aw bairns o the same age stay thegether, whether they're clivvir or glaikit. Jings crivens, ah'm no haein a wee five-year-auld nyaff sittin wi the big lassies and laddies in P7. Ah never heard o sic a thing!'

Miss Honey stood there, dwaibly, in front o this rid-craigit carline. There wis a lot mair she wanted tae say but she kent the baw wis up on the slates. She said, saftlike, 'Okay. It's up tae ye, Miss Trunchbull.'

'Ye're richt there!' Miss Trunchbull belloched. 'And

dinnae forget, hen, that we are dealin wi a wee veeper wha pit a stink-bomb unner ma desk . . .'

'She *didnae* dae that, Miss Trunchbull!'

'Aye she did,' Miss Trunchbull bawled. 'And ah'll tell ye whit. Ah wish tae high heaven they still let us use the birk and the belt like ah done in the guid auld days! Ah'd huv walloped her bahookie fur her so she couldnae sit doon fur a month!'

Miss Honey turnt and walked oot the room, disjaskit but no defeatit. Ah'm gonnae dae somethin aboot this wean, she tellt hersel. Ah dinnae ken whit it'll be but ah'll fund a way tae help her in the end.

The Parents

When Miss Honey left the Heidie's office maist o the weans were ootside in the playgrund. Her first move wis tae gang roond aw the teachers that taucht the big bairns and borrow a gey wheen o books on algebra, geometry, French, literature and the like. Then she brocht Matilda intae her room.

'There's nae point,' she said, 'in ye sittin in the class daein naethin while ah'm teachin the rest o the weans their twa-times tables and how tae spell cat and rat and moose. So durin each lesson ah'll gie ye wan o thae text-books tae study insteid. At the end o the lesson ye can come and ask me ony questions ye hae and ah'll try tae help ye. That soond aw richt?'

'Thanks, Miss Honey,' Matilda said. 'Thon soonds hunky-dory.'

'Ah'm sure,' Miss Honey said, 'that we'll get ye moved up the schuil in a wee while, but the Heidie wants ye tae stay whaur ye ur the noo.'

'Okaydoky, Miss Honey,' Matilda said. 'Thanks a lot fur gettin thae books fur me.'

Whit a braw bairn she is, Miss Honey thocht. Ah dinnae care whit her faither said aboot her, she seems richt quietlike and douce tae me. And no at aw pridefu in spite o her glegness. She seems barely tae ken she's that clivvir.

When the class came back efter playtime Matilda

gaed tae her desk and sterted tae study a geometry book Miss Honey hud gien her. The teacher kept hauf an ee on her aw the time and noticed that the bairn wis lost in the book. She never keeked up wanst in the hale lesson.

Miss Honey, in the meantime, wis makkin anither decision. She wis decidin that she wid gang by hersel and hae a wee secret confab wi Matilda's mither and faither as soon as she could. She wisnae gonnae let it go. The hale thing wis daft. She couldnae believe that the mither and faither didnae ken their dochter wis awfie brainy. Efter aw Mr Wormwidd wis daein weel in the motor trade so she jaloused he wis fair clivvir hissel. Onyway, parents never *unnerestimated* how gleg their bairns were. Jist the opposite. Sometimes it wisnae possible tae mak a prood faither or mither believe that their wean wis a pure gomach. Miss Honey felt confident that she'd hae nae bother convincin Mr and Mrs Wormwidd that Matilda wis by-ordinar. It'd likely be mair tricky tae stop them fae gaun ower the tap aboot it.

And noo Miss Honey's hopes sterted tae rise even higher. She sterted tae wunner if she could ask them tae let her gie Matilda private lessons efter schuil. The thocht o teachin a bairn as clivvir as this yin wis awfie satisfyin tae a teacher like Miss Honey. And suddenly she decided that she wid go and visit Mr and Mrs Wormwidd that verra nicht. She'd go fairly late, atween nine and ten o'clock, when Matilda wis sure tae be in her bed.

And that's jist whit she done. She got the address fae the schuil records and set oot tae walk fae her ain hoose tae the Wormwidds' at the back o nine. She fund the hoose in a braw street whaur each wee biggin wis separated fae its neebour by a bittie gairden. It wis a modern brick hoose that couldnae huv been cheap tae buy and the name on the yett wis COSIE NEUK. Nosy cook micht huv been better, Miss Honey thocht. She liked playin wi words thon way. She gaed up the path and jinged the bell, and while she wis waitin she could hear the television skirlin awa inside.

The door wis opened by a wee futrat o a man wi a pookit moustache, wearin a jaickit strippit in orange and rid. 'Aye?' he said, gleerin at Miss Honey. 'If ye're sellin raffle tickets ah'm no wantin ony.'

'Ah'm no,' Miss Honey said. 'And please forgie me fur interruptin ye like this, but ah'm Matilda's teacher at the schuil and ah need tae huv a word wi ye and yer wife.'

'Got intae bother awready, hus she?' Mr Wormwidd said, blockin the doorway. 'Weel, she's yer responsibility noo. Ye'll huv tae sort it.'

'She's no in ony trouble at aw,' Miss Honey said. 'Ah'm here wi guid news aboot her. By-ordinar news, Mr Wormwidd. Could ah mibbe come ben the hoose fur a minute and talk tae ye aboot Matilda?'

'We're in the middly watchin wanny wir favourite programmes,' Mr Wormwidd said. 'It's no convenient. Come back anither time, eh.'

Miss Honey sterted tae loss her patience. 'Mr

Wormwidd,' she said, 'if ye think some trashtrie on
the TV is mair important than yer dochter's future,
then ye're no fit tae be a faither! Why dae you no turn
the dampt thing aff and listen tae me!'

Mr Wormwidd wis ramfoozled. He wisnae used tae bein spoken tae like this. He gawped at the flimmer wumman, staundin stievely in the porch. 'Richt then,' he snashed. 'Come in and let's get it ower.' Miss Honey stepped smairtly ben the hoose.

'Mrs Wormwidd is gonnae be fair fashed aboot this,' the mannie said as he led her intae the sittin-room, whaur a fozie platinum-blond wumman wis blythely glued tae the TV screen.

'Wha is it?' said the wumman, no lookin roond.

'Some teacher fae the schuil,' Mr Wormwidd said. 'Says she hus tae talk tae us aboot Matilda.' He crossed tae the TV set and turnt the soond doon, but left the picture on.

'Dinnae dae that, Harry!' Mrs Wormwidd cried oot. 'Willard is jist aboot tae propose tae Angelica!'

'Ye can still watch it while we're talkin,' Mr Wormwidd said. 'This is Matilda's teacher. She says she's got some kind o news tae gie us.'

'Ah'm cried Jennifer Honey,' Miss Honey said. 'How's yersel, Mrs Wormwidd?'

Mrs Wormwidd glowered at her. 'Whit's the trouble then?'

Naebody asked Miss Honey tae sit doon so she picked a chair and sat doon onyway. 'This,' she said, 'wis yer dochter's first day at the schuil.'

'We ken that,' Mrs Wormwidd said, scunnered aboot missin her programme. 'Is that aw ye came here tae tell us?'

Miss Honey stared intae the wumman's slabbery grey een, and she let the silence hing in the air till Mrs Wormwidd became conflummixt. 'D'ye want me tae explain why ah'm here?' she said.

'On ye go then,' said Mrs Wormwidd.

'Ah'm sure ye ken,' Miss Honey said, 'that we dinnae expect bairns in P1 tae be able tae read or spell or joogle wi numbers when they stert the schuil. Five-year-aulds cannae dae that. But Matilda can dae it aw. And if ah believe whit she says . . .'

'Ah widnae dae that,' Mrs Wormwidd said. She wis still scunnered at lossin the soond on the TV.

'Wis she lyin then,' Miss Honey said, 'when she tellt me that naebody taucht her tae read or ken her times tables? Did either of ye teach her?'

'Teach her whit?' Mr Wormwidd said.

'Tae read. Tae read books,' Miss Honey said. 'Mibbe ye *did* teach her. Mibbe she *wis* lyin. Mibbe yous huv shelves fu o books aw ower the hoose. Ah widnae ken. Mibbe yous ur baith keen readers.'

'Coorse we read,' Mr Wormwidd said. 'Dinnae be sae daft. Ah read the *Autocar* and the *Motor* fae batter tae batter every week.'

'This bairn hus awready read a dumfoonerin number o books,' Miss Honey said. 'Ah wis jist ettlin tae fund oot if she came fae a faimly that luved guid literature.'

'We dinnae haud wi books,' Mr Wormwidd said. 'Ye cannae mak siller fae sittin on yer bahoukie and readin story-books. We dinnae huv them in the hoose.'

'Ah see,' Miss Honey said. 'Weel, ah came tae tell ye that Matilda hus a richt trig mind. But nae doubt ye ken that awready.'

'Of course ah kent she can read,' the mither said. 'She spends her life up in thon room, her neb in some daft book.'

'But ur ye no upliftit,' Miss Honey said, 'at the thocht o a wee five-year-auld readin lang grown-up books by Dickens and Hemingway? Does it no mak ye skirl wi excitement?'

'No really,' the mither said. 'Ah dinnae think much o lassies bein swots. A lassie should concentrate on bein bonnie so she can get hersel a guid man later on. Looks is mair important than books, Miss Hunky . . .'

'Ma name is Honey,' Miss Honey said.

'Noo, look at *me*,' Mrs Wormwidd said. 'Then look at *you*. You chose books. Ah chose looks.'

Miss Honey looked at the ill-faurrant body wi a fizzog like a clootie dumplin, wha wis sittin on the ither side o the room. 'Whit did ye say?' she asked.

'Ah said you chose books and ah chose looks,' Mrs Wormwidd said. 'And wha ended up better aff? Me, of coorse. Ah'm sittin pretty here in a braw hoose, ah've got a sonsie weel-daein man wi his ain business and ye're toilin awa, teachin a loady feechie wee weans the ABC.'

'Ye're richt there, ma wee cushie-doo,' Mr Wormwidd said, giein his wife sic a sapsie, sclittery look it wid mak a cat boke.

91

Miss Honey decided that if she wis gonnae get onywhaur wi these folk she'd need tae no loss her temper. 'Ah've no tellt ye everythin yet,' she said. 'Matilda, as faur as ah can mak oot, is a kind o mathematical genius. She can multiply big numbers in her heid swift as a glist o lightnin.'

'So whit? So can a calculator,' Mr Wormwidd said.

'Bein clivvir doesnae get ye a man,' Mrs Wormwidd said. 'Check thon film-star there,' she added, pointin at the silent TV screen, whaur a bowsome wumman and a braw man were sookin the faces affy each ither in the moonlicht. 'She never got him tae dae that tae her by multiplyin numbers at him. Nae chance. And noo he's gonnae mairry her, see if he doesnae, and she's gonnae bide in a big hoose wi a butler and a gey wheen o deemies.'

Miss Honey could haurdly believe her lugs. She hud heard that there were mithers and faithers like this aw ower the place and that their bairns turnt oot tae be sclidderie tods and fushionless gamphrells, but she wis still stammygastered tae meet a perra them in the flesh.

'The trouble is,' she said, tryin wanst again, 'Matilda is that faur aheid o the rest o the bairns that it micht be as weel tae get her some extra lessons. Ah think in twa or three year wi the richt kind o teachin, she could be guid eneuch tae go tae university.'

'University?' Mr Wormwidd yelloched, bouncin in his chair. 'In the name o the wee man, wha wants tae go tae university? They jist learn bad habits there!'

'That's no true,' Miss Honey said. 'If ye hud a hert attack and hud tae get the doctor, they'd be a university graduate. If ye got taen tae coort fur sellin a midden o a motor, yer lawyer wid be a university graduate an aw. Dinnae despise clivvir folk, Mr Wormwidd. But ah can see we're no gonnae agree. Ah'm sorry ah burst in on ye like this.' Miss Honey got up fae her chair and walked oot the room.

Mr Wormwidd followed her tae the front-door and said, 'Thanks fur comin, Miss Hawkes, or is it Miss Harris?'

'Nane o them,' Miss Honey said, 'but dinnae fash yersel.' And awa she gaed.

Pappin the Hammer

The braw thing aboot Matilda wis that if ye'd jist bumped intae each ither and had a wee blether, ye'd huv thocht she wis a perfit normal five-and-a-hauf-year-auld wean. On the ootside there wis nae sign that she wis richt clivvir and she never bloustered. 'This is a verra douce and pensie wee lassie,' ye'd huv said tae yersel. And unless fur some reason ye'd sterted talkin aboot literature or mathematics, ye'd never huv kent how gleg she wis.

So it wis easy fur Matilda tae mak freends wi ither bairns. The weans in her class liked her. Of course they kent she wis 'clivvir' because they heard Miss Honey speirin her on the first day o schuil. And they kent that Miss Honey let her sit quietlike wi a book and no tak tent o the teacher durin the lesson. But bairns o that age dinnae seek tae ken the reason fur somethin. They're that happit in their ain wee trauch-les tae fash theirsels aboot whit ithers are daein and why.

Wan o Matilda's new pals wis the lassie cried Lavender. Richt fae the first day o schuil the twa o them sterted daunerin roond thegether at playtime and dinner-time. Lavender wis toty fur her age, a wee skinnymalink wi daurk-broon een and daurk hair cut in a fringe across her brinkie-broo. Matilda liked her because she wis kempie and gallus. She liked Matilda fur jist the same reasons.

Afore the first week o term wis up, frichtsome stories aboot the Heidie, Miss Trunchbull, sterted gaun roon the P1s. At playtime on the third day, while Matilda and Lavender were staundin in the corner o the playgrund, a torn-faced ten-year-auld lassie wi a plook on her neb, cried Hortensia, came up tae them. 'New scuff, ah guess,' Hortensia said tae them, lookin doon fae her great heicht. She wis eatin a muckle bag o tattie crisps and howkin the stuff oot in haundfus. 'Welcome tae the jyle,' she added, spleuterin dauds o crisp oot o her mooth like snawflauchts.

The twa wee yins, owerwhalmed by this giant, kept their mooths shut.

'Huv yous met the Trunchbull yet?' Hortensia speired.

'We've seen her at prayers,' Lavender said, 'but we huvnae met her.'

'Yous're in fur a richt treat,' Hortensia said. 'She cannae staund toty weans. She laithes the P1 class and everybody in it. She thinks five-year-aulds are hairy-oobits that huvnae hatched yet.' In gaed anither fistfu o crisps and when she spoke again, oot skooshed the crummles. 'If ye survive yer first year, ye micht jist manage tae live through the resty yer time here. But a lot o weans dinnae make it. They get cairried oot on streetchers, skellochin. Ah've seen it mony's the time.' Hortensia paused tae see whit effect her words were haein on the twa toty wans. No much. They didnae

seem fashed. So the big yin decided tae deave them wi mair information.

'Ah daur say yous ken that in her private chaumers the Trunchbull hus a lock-up press cried the Chowker?'

Matilda and Lavender shook their heids and continued tae stare up at the giant. They were that wee that they didnae really trust ony craitur that wis mair muckle than them, especially the big lassies.

'The Chowker,' Hortensia gaed on, 'is an unco tall but narra press. The flair is jist ten inches square so ye cannae sit doon or hunker in it. Ye huv tae staund. And three o the waws are made o cement wi dauds o broken gless stickin oot aw ower, so ye cannae lean agin them. Ye huv tae staund mair or less tae attention aw the time when ye get locked up in there. It's awfie.'

'Can ye no lean agin the door?' Matilda speired.

'Dinnae be daft,' Hortensia said. 'The door's got thoosands o pointy pikey tackets stickin ooty it. They've been haimert in fae the ootside, likely by the Trunchbull hersel.'

'Huv ye ever been in there?'

'Six times in the first term,' Hortensia said. 'Twice fur a hale day and the ither times fur twa hours each. But twa hours is bad eneuch. It's mirk-daurk and ye huv tae staund up dead straight and if ye wabble at aw ye get jagged either by the gless on the w or the tackets on the door.'

'How come ye were pit in there? Whit did ye dae?'

'The first time,' Hortensia said, 'Ah toomed hauf a tin o Gowden Syrup on the seat o the chair the Trunchbull wis gonnae sit on at prayers. It wis a pure cracker. When she gaed tae lower hersel intae the chair there wis this slorpin racket jist like a hippo pittin its fit intae the clabber on the banks o the Limpopo River. But yous're too wee and glaikit tae read *The Jist So Stories*, so yous are.'

'Ah've read them,' Matilda said.

'Ye're a liar,' Hortensia said cantily. 'Ye cannae even read yet. But, nae matter. So when the Trunchbull

sat doon on the Gowden Syrup, the sclittery slorp wis pure magic. And when she lowped up again, the chair kind o stuck tae the bahoukie o thae awfie green breeks and baith haunds were clarted in clabber. Ye should o heard her belloch.'

'But how did she ken it wis you?' Lavender speired.

'A wee gollach cried Ollie Bogwhistle clyped on me,' Hortensia said. 'Ah knocked his front teeth oot.'

'And the Trunchbull pit ye in the Chowker fur a hale day?' Matilda speired, gollopin.

'Aw day lang,' Hortensia said. 'Ah wis pure aff ma heid when she let me oot. Ah wis blabberin like a bampot.'

'Whit were the ither things ye done tae get pit in the Chowker?' Lavender speired.

'Aw, ah cannae mind them aw noo,' Hortensia said. She soonded like an auld sodger wha had focht that mony battles she wis never fleggit. 'It's that lang ago,' she added, stechin mair crisps intae her geggie. 'Aw aye, ah can mind wan. Here's whit happened. Ah picked a time when ah kent the Trunchbull wis awa oot o the road teachin the big yins, and ah pit up ma haund and asked if ah could gang tae the cludgie. But insteid o gaun there, ah smuiked intae the Trunchbull's room. And efter a quick rummle, ah fund the drawer whaur she kept aw her gym knickers.'

'Ye never,' Matilda said, inchantit. 'Whit happened neist?'

'Ah'd sent awa in the post fur this deid strang itchin pooder,' Hortensia said. 'It wis fifty pence a poke and

wis cried The Skin-Scowder. On the side it said it wis made fae the poodered fangs o fearsome serpents and it wis guaranteed tae bring yer skin oot in biles as big as walnuts on yer skin. So ah strinkled this stuff inside every perra knickers in the drawer and folded them aw up again bonnily.' Hortensia paused tae shove mair crisps intae her mooth.

'Did it work?' Lavender speired.

'Weel,' Hortensia said, 'a few days efter, durin prayers, aw o a sudden, the Trunchbull sterted scartin hersel doon ablow as if she wis dementit. Richt, ah said tae masel. That's us. She's changed fur gym awready. It wis wunnerfu tae sit there watchin it aw and ken ah wis the only body in the hale schuil wha realised exactly whit wis gaun on inside the Trunchbull's pants. And ah thocht ah wis in nae danger. Ah kent ah couldnae get caught. Then the scartin got worse. She couldnae stop. She must huv thocht she hud a wasp's byke doon there. And then, richt in the middle o the Lord's prayer, she jimped up, claucht her bahoukie and skailt oot the room.'

Matilda and Lavender were forwunnert. They kent fur sure they were in the presence o a true maistress, crafty and skeely. Here wis somebody wha hud brocht the art o joukery-powkery tae the peak o perfection, somebody wha wis willin tae risk life and limb in pursuit o her callin. They gawped at this ferlie goddess, and suddenly even the plook on her neb wis a mark o smeddum.

'But how *did* she catch ye thon time?' Lavender speired, gey astonisht.

'She never,' Hortensia said. 'But ah got a day in the Chowker aw the same.'

'How?' they baith asked.

'The Trunchbull,' Hortensia said, 'hus a scunnersome way o jalousin. When she doesnae ken wha's guilty, she jalouses, and the trouble is she's aften richt. She thocht it wis me because of the Gowden Syrup hingmy and though ah kent she couldnae prove it, naethin ah said made ony difference. Ah kept bawlin, "It wisnae me by the way, Miss Trunchbull. Ah didnae even ken ye even kept spare knickers in the schuil! Ah dinnae ken whit itchin pooder is! Ah've never even heard o it!" But the lyin didnae help even though ah pit on a star act. The Trunchbull jist grippit me by the lug, hauled me tae the Chowker in a whidder, papped me inside and locked the door. That wis ma second aw-day streetch. It wis pure torture. Ah wis piked and rauzed aw ower when ah came oot.'

'It's like a war,' Matilda said, in awe.

'Ye're no wrang there,' Hortensia cried. 'And there's ower mony casualties. We're the stalwart sodgers, the pauchtie ermy fechtin fur wir lives wi haurdly ony wappens at aw, and the Turnbull is the Prince o Mirk, the Feechie Serpent, the Birstlin Dragon wi aw the wappens at her biddin. It's a sair fecht. We aw ettle tae help each ither.'

'Ye can lippen us,' Lavender said, streetchin her three foot twa inches as heich as she could.

'Naw ah cannae,' Hortensia said. 'Yous're jist wee smowts. But ye cannae tell. Yous micht come in handy wan day fur some huggery-muggery.'

'Tell us jist a wee bittie mair aboot whit she does,' Matilda said. 'Please.'

'Ah cannae frichten yous afore ye've been here a week,' Horensia said.

'Ye'll no,' Lavender said. 'We may be toty but we're fair rauchle.'

'Listen tae this then,' Hortensia said. 'Jist yesterday the Trunchbull catched a laddie cried Julius Rottwinkle eatin Liquorice Allsorts durin the scripture lesson and she jist lifted him up by wan airm and papped him richt oot the classroom windae. Oor room is wan flair up and we seen Julius Rottwinkle gang fleein oot ower the gairden like a Frisbee and landin wi a dunt in the

103

middle o the lettuces. Then the Trunchbull turnt tae us and said, "Fae noo on, onybody catched eatin in class gangs straight oot the windae."'

'Did thon Julius Rottwinkle brak ony banes?' Lavender speired.

'A puckle, jist,' Hortensia said. 'Ye huv tae mind that the Trunchbull wanst papped the hammer fur Britain at the Olympics so she's dead prood o her richt airm.'

'Whit's pappin the hammer?' Lavender speired.

'The hammer, Hortensia said, 'is actually a ruddy muckle cannon bool on the end o a lang bit o wire, and the papper birls it roond and roond his or her heid faster and faster and then lets it go. Ye huv tae be dead strang. The Trunchbull will pap onythin aboot jist tae keep her airm in, especially bairns.'

'Jings,' Lavender said.

'Ah wanst heard her say,' Hortensia gaed on, 'that a muckle laddie is aboot the same wecht as an Olympic hammer and so he's gey useful fur practisin wi.'

Jist then, somethin strange happened. The playgrund, which up tae then hud been fu o the skraichs and skellochin o bairns playin, wis suddenly silent as the grave. 'Watch yersels,' Hortensia whispered. Matilda and Lavender keeked roond tae see the wappin figure o Miss Trunchbull stowffin through the smarrach o laddies and lassies. The weans swithed oot her road as she strode alang the asphalt like Moses pairtin the watters o the Rid Sea. A frichtsome wumman she wis an aw, in her belted smock and green breeks. Ablow

the knees her cauf-muscle bulged like grapefruits inside her stockins. 'Amanda Threip!' she belloched. 'You, Amanda Threip, come ower here!'

'Check this,' Honoria whispered.

'Whit's gonnae happen?' Lavender whispered back.

'Thon numptie Amanda,' Hortensia said, 'hus let her lang hair grow even langer durin the holidays and her mammy's pleated it intae pigtails. Gawpit thing tae dae.'

'How's it gawpit?' Matilda speired.

'If there's wan thing the Trunchbull cannae staund it's pigtails,' Hortensia said.

Matilda and Lavender watched the giant in green breeks heidin towards a lassie aboot ten wha hud a perra pleated gowden pigtails hingin roond her shooders. Each pigtail hud a blue satin bow at the end o it and it looked richt bonnie. The lassie wearin the pigtails, Amanda Threip, stood dead still, watchin the giant brattlin towards her. The lassie had a look on her coupon like a body tethered in a field wi a radgie bull streekin towards her; she wis glued tae the spot, fair fleggit, boggle-eed, hotterin, sure that her Day o Judgement had arrived.

Miss Trunchbull had noo reached the victim and stood lookin doon at her. 'Ah want thae manky pigtails aff afore ye come back tae schuil the morra!' she bowffed. 'Hack them aff and fling them in the bin, ye unnerstaund?'

Amanda, frozent in dreid, managed tae stammer, 'Ma m-m-mammy likes them. She p-p-pleats them fur me every morn.'

'Yer mammy's a neep-heid!' the Trunchbull bel-

loched. She pointed a finger the size o a sausage at
the wean's heid and rowsted, 'Ye look like a ratton wi
a tail comin oot its heid!'

'Ma m-m-mammy thinks ah look bonnie, Miss T-T-Trunchbull,' Amanda stuttered, tremmlin like a jeely.

'Ah dinnae gie a dug's bahoukie whit yer mammy thinks!' the Trunchbull yelloched, and wi that she lunged forrit and climped Amanda's pigtails in her richt fist and heezed the lassie richt aff the grund. Then she sterted birlin her roond and roond her heid, mair and mair quickly and Amanda wis skraichin blue murder and the Trunchbull wis yellochin, 'Ah'll gie ye pigtails, ya wee mowdiewort!'

'Shades o the Olympics,' Hortensia murmured. 'She's gettin up speed noo like she does wi the hammer. Ten tae wan she's gonnae fling her.'

And noo the Trunchbull wis leanin back agin the wecht o the birlin lassie and pivotin trigly on her taes, snuvin roond and roond, and soon Amanda Threip wis traivellin that fast she turnt bleary and suddenly, wi a michty gruntle, the Trunchbull lowsed the pigtails and Amanda gaed fleein up in the air like a rocket, richt ower the metal palins o the playgrund and high up in the sky.

'Weel flung, Sir!' somebody yelloched fae the ither side o the playgrund, and Matilda, astonisht at the hale peerie-heidit palaver, watched Amanda Threip descendin in a lang gentie parabola on tae the playin field ayont. She landed on the grass, stoated three times and finally came tae rest. And ye'd haurdly credit it, but then she sat up. She looked a bit daivert and wha could blame her, but efter a minute or so she wis up on her feet again and stottered back tae the playgrund.

The Trunchbull stood in the playgrund, dichtin aff her haunds. 'No bad,' she said, 'considerin ah'm no in trainin. No bad at aw.' Then she lamped awa.

'She's aff her casters,' Hortensia said.

'But dae the mithers and faithers no say onythin aboot it?' Matilda speired.

'Wid yours?' Hortensia speired. 'Ah ken mines widnae. She's jist the same wi the mithers and faithers as she is wi the bairns and they're dead feart fae her. See yous soon.' And wi that, she daunered aff.

Bruce Dubskelper
and the Cake

'How does she get *awa* wi it?' Lavender said tae
Matilda. 'Ye'd think some weans wid gang hame and
tell their mithers and faithers. Ah ken ma daddy wid
cause a richt stushie if ah tellt him the Heidie hud
climpt me by the hair and papped me ower the play-
grund fence.'

'Naw he widnae,' Matilda said, 'and ah'll tell ye
how. Cause he jist widnae believe ye.'

'Aye he wid.'

'Naw he widnae,' Matilda said. 'And this is how. Yer
story wid soond that gyte naebody'd think it could be
true. And that is the Trunchbull's great secret.'

'Whit is?' Lavender speired.

Matilda said, 'Never dae onythin by haufs if ye
want tae get awa wi it. Dinna haud back. Gie it laldy.
Tak tent everythin ye dae is so awa wi the fairies that
it's pure unbelievable. Nae mither or faither is gonnae
believe thon pigtail story, no in a million year. Mines
widnae. They'd cry me a liar.'

'If that's richt,' Lavender said, 'Amanda's mither
wullnae clip aff her pigtails.'

'Naw, she'll no,' Matilda said. 'Amanda'll dae it
hersel. Wait and see.'

'D'ye think she's gyte?' Lavender speired.

'Who?'

'The Trunchbull.'

'Naw, ah dinnae think she's gyte,' Matilda said. 'But she's verra unchancy. Bein at this schuil is like bein in a cage wi a cobra. Ye huv tae be richt quick on yer feet.'

They hud anither example o how unchancy the Heidie could be on the verra neist day. At dinner time there wis an announcement that, efter they'd finshed eatin, the hale schuil hud tae gang tae the Assembly Haw and sit there.

When aw the twa hunner and fifty or so laddies and lassies were ready in the Assembly Haw, the Trunchbull parauded on tae the platform. Nane ae the ither teachers came in wi her. She wis cairryin a ridin-crop in her richt haund. She stood up there in the middle o the stage in her green breeks, wi legs apairt and ridin crop in haund, glowerin at the sea o upturnt faces afore her.

'Whit's gonnae happen?' Lavender whispered.

'Ah dinnae ken,' Matilda whispered back.

The hale schuil waited fur whit wis comin neist.

'Bruce Dubskelper!' the Trunchbull bowffed suddenly. 'Whaur's Bruce Dubskelper?'

A haund shot up in the midst o the seated weans.

'Come up here!' the Trunchbull yelloched. 'And dinnae faff aboot!'

An eleven-year-auld laddie got up. He wis a muckle brosie bairn and he hoddled quickly forrit and clammered ontae the platform.

'Staund ower there!' the Trunchbull commandit, pointin. The laddie stood tae wan side. He looked timorsome. He kent richt eneuch he wisnae up there tae get a prize. He wis watchin the Heidie verra waurily and he kept hirlin furder awa fae her, skliffin his feet, the way a ratton micht creep awa fae a tarrie dug that's keepin its een on it fae across the room. His pluffie fozie face hud turnt grey wi dreid. His stockins were fankled roond his legs.

'This eejit,' gollered the Heidie, pointin her ridin-crop at him like a rapier, 'this knurl, this beelin blype, this pizenous plook that ye see afore ye, is nane ither than a feechie creeminal, a keelie, a lowse bangster fae the Mafia!'

'Whit, me?' Bruce Dubskelper said, lookin richt conflummixt.

'A reiver!' the Trunchbull skraiched. 'A minker! A crackraip! A pirate! A kithan! A snaffler!'

'Haud on,' the laddie said. 'That's a bit ower the tap, Miss Trunchbull.'

'Dae ye deny it, ya ugsome hotterel! Ur ye pleadin no guilty?'

'Ah dinnae ken whit ye're on aboot,' the laddie said, mair bumbazed than ever.

'Ah'll tell ye whit ah'm talkin aboot, ya skittery sotter!' the Trunchbull yelloched. 'Yesterday morn at playtime ye snaiked like a serpent intae the kitchen and thieved a slice o ma ain private chocolate cake fae ma tea-tray! Thon tray hud jist been prepared fur me personally by the cook! It wis ma playpiece! And as fur the cake, it wis ma ain private stock. It wisnae a laddie's cake! Ye dinnae think fur wan minute ah'm gonnae eat the keech ah gie tae yous? Thon cake wis made fae real butter and real cream! And thon, thon

riever, thon sneck-drawer, thon scaffer, staundin ower there wi his socks hingin roond his ankles, stole it and et it!'

'Ah never,' the laddie yauled, turnin fae grey tae white.

'Dinnae lie tae me, Dubskelper!' bowffed the Trunchbull. 'The cook seen ye! Whit's mair, she seen ye eatin it!'

The Trunchbull paused tae dicht a spreckle o slabber affy her lips.

When she spoke again, her voice wis suddenly safter, mair pally, and she leaned towards the laddie, smilin. 'Ye like ma special chocolate cake, sure ye dae, Dubskelper? It's rich and deleecious, sure it is, Dubskelper?'

'Awfie guid,' the laddie mummled. The words were oot afore he could stop hissel.

'Ye're richt,' the Trunchbull said. 'It is dead guid.

So ah think ye should congratulate the cook. When a gentleman hus et a particularly guid meal he aye sends his compliments tae the chef. Ye didnae ken that, did ye Dubskelper? But keelies and bangsters fae the criminal unnerworld urnae kent fur their guid manners.'

The boy kept his mooth shut.

'Cook!' the Trunchbull yelloched, turnin her heid tae the door. 'Come ben, cook! Dubskelper wants tae tell ye how guid yer chocolate cake is!'

The cook wis a lang, shilpit skinnymalink o a wumman, wha looked as if aw the bree in her body hud been wizzent in a hot oven lang syne. She walked ontae the platform wearin a manky white pinnie. It wis plain as parritch that the Heidie hud arranged this.

'Richt then, Dubskelper', the Trunchbull belloched. 'Tell cook whit ye think o her chocolate cake.'

'Awfie guid,' the laddie mummled. Ye could see he wis noo stertin tae wunner whaur this wis heidin. Aw he kent fur sure wis that it wis illegal fur the Trunchbull tae skelp him wi the ridin-crop she kept smackin agin her thigh. That made him feel a toty bit better but no much because the Trunchbull wis that unpredictable ye could never ken whit she wis gonnae dae next.

'There ye go, cook,' the Trunchbull skelloched. 'Dubskelper likes yer cake. He luves yer cake. D'ye huv ony mair cake ye could gie him?'

'Indeed ah dae,' the cook said. She soonded as if she'd learnt her words aff by hert.

'Then go and get it. And bring a knife tae cut it wi.'

117

The cook disappeart. In a minute she wis back, stotterin unner the wecht o a muckle great cake on a china ashet. The cake wis fou eichteen inches in diameter and it wis slathered in daurk-broon chocolate icin. 'Pit it on the table,' the Trunchbull said.

There wis a wee table in the middle o the stage wi a chair ahint it. Tentily the cook pit the cake on the table. 'Sit doon, Dubskelper,' the Trunchbull said. 'Sit there.'

The laddie moved cannily tae the table and sat doon. He gawped at the muckle cake.

'There ye ur, Dubskelper,' the Trunchbull said, and wanst again her voice became saft, wheedlin, even douce. 'It's aw fur you, every wee bittie. Ye luved thon slice ye hud yesterday, so ah tellt cook tae bake ye a muckle great wan aw tae yersel.'

'Thank ye,' the laddie said, fair conflummixt.

'Thank cook, no me,' the Trunchbull said.

'Thank ye, cook,' the laddie said.

The cook stood there like a skrinkit steeker, tichtlippit, thrawn. She looked as if her mooth wis fu o lemon juice.

'Richt, then,' the Trunchbull said. 'On ye go. Jist cut yersel a muckle slice and gie it a try?'

'Whit? The noo?' the laddie said, waury. He kent there wis some joukery-powkery gaun on but he wisnae sure whit. 'Can ah tak it hame wi me insteid?' he speired.

'That widnae be polite,' the Trunchbull said, wi a smeukit grin. 'Ye huv tae show cookie here how gratefu ye ur fur aw the bother she's gone tae.'

118

The laddie never moved.

'Get on wi it,' the Trunchbull said. 'Cut yersel a slice and taste it. We cannae wait here aw day.'

The laddie picked up the knife and wis aboot tae cut the cake when he stopped. He gawped at the cake.

Then he looked up at the Trunchbull, then at the lang skinnymalinky cook wi her lemon-juice mooth. Aw the weans in the hall were starin, tense, waitin fur somethin tae happen. They were sure it wid. The Truchbull wisnae a body tae gie a wean a hale chocolate cake jist oot o the guidness o her hert. Some bairns jaloused that the cake wis stowed wi pepper or castor-oil or some ither fousome stuff that wid mak a laddie boke. It micht even be arsenic and he wid be deid in ten seconds flat. Or mibbe it wis set tae explode and it wid blaw up the minute is wis cut, takkin Bruce Dubskelper wi it. Naebody in the schuil wid pit it by the Trunchbull tae dae ony o these things.

'Ah dinnae want tae eat it,' the laddie said.

'Taste it, ya wee get,' the Trunchbull said. 'Ye're snashin the cook.'

Tentily the laddie sterted tae cut a thin skliff o the muckle cake. Then he levered it oot. Then he pit doon the knife and took the claggie thing in his fingers and sterted tae eat it awfie slowly.

'It's guid, intit?' the Trunchbull speired.

'Unco guid,' the laddie said, chowin and swallyin. He finished the slice.

'Hae anither,' the Trunchbull said.

'That's eneuch, thank ye,' the laddie mummled.

'Ah said hae anither,' the Trunchbull said, and noo her voice wis mair snell. 'Eat anither slice! Dae whit ye're tellt!'

'Ah dinnae want anither slice,' the laddie said.

Suddenly the Trunchbull took a flakey. 'Eat!' she yelloched, skelpin her thigh wi the ridin-crop. 'If ah tell ye tae eat, ye'll eat! Ye wanted cake! Ye stole cake! And noo ye've got cake! So ye're gonnae eat it! Ye'll no get doon affy this platform and naebody leaves this hall till ye've eaten the hale cake that's sittin there in fronty ye! Is that clear, Dubskelper? Dae ye unnerstaund?'

The laddie looked at the Trunchbull. Then he looked doon at the muckle cake.

'Eat! Eat! Eat!' the Trunchbull wis yellochin.

Verra slowly, the laddie cut hissel anither slice and sterted tae eat it.

Matilda wis fascinated. 'D'ye think he can dae it?'

'Naw,' whispered Lavender. 'It's jist no possible. He'd throw up afore he got haufway through.'

The laddie kept gaun. When he'd finished the second slice, he looked at the Trunchbull, switherin.

'Eat!' she bawled. 'Gutsie wee reivers wha like tae eat cake, maun hae cake! Eat faster, laddie. Dinnae stop like yer daein noo. Neist time ye stop afore it's aw done ye'll go staight tae the Chowker and ah'll lock the door and fling the key doon the well!'

The laddie cut a third slice and sterted tae eat it. He finished this yin quicker than the ither twa, then richt awa he lifted the knife and cut the neist slice. In a funny way he seemed tae be gettin intae his stride.

Matilda, keepin a close watch on him, didnae think he looked that dabbled. He seemed tae be gettin mair confident as he gaed alang. 'He's daein weel,' she whispered tae Lavender.

'He'll boke it up soon,' Lavender said. 'It'll be pure bowfin.'

When Bruce Dubskelper hud eaten his way through hauf the muckle cake, he paused fur jist a couple o seconds and peched a bittie.

The Trunchbull stood wi her haunds on her hurdies, glowerin at him. 'Get a move on!' she belloched. 'Eat it up!' Suddenly the laddie let oot an almichty rift that sweeled roond the hall like a brattle o thunder. A gey wheen o bairns sterted tae snitter.

'Shut yer geggies!' skraiched the Trunchbull.

The laddie cut hissel anither muckle slice o cake and sterted eatin it fast. There wis still nae sign he wis flaggin or wantin tae gie in. He surely didnae look as if he wis aboot tae stop and yammer, 'Ah cannae, ah cannae eat ony mair! Ah'm gonnae boke!' He wis still gaun strang.

And noo a subtle change wis comin upon the twa hunner and fifty weans in the audience. At the stert they thocht there wis gonnae be a maroongeous rammy. They were expectin a stramash, when the mischancy lad, stappit fu o chocolate cake, wid huv tae gie in and beg fur mercy, and then they'd huv watched the triumphant Trunchbull stechin mair and mair cake intae the pechin lad's geggie.

Nae chance. Bruce Dubskelper wis three-quarters way through and still gaun strang. Ye'd huv thocht he wis near enjoyin hissel. He'd a ben tae climb and he wis gonnae make it tae the tap or die ettlin. Whit's mair, he noo kent his audience were aw silently cheerin him on. This wis a fecht tae the end atween him and the michty Tunchbull.

Suddenly somebody gollered, 'Gaun yersel, Brucie! Ye can dae it!'

The Trunchbull birled roond and roared, 'Wheesht!' The audience watched, browdent. They were desperate tae stert cheerin oot loud, but didnae daur.

'Ah think he's gonnae dae it,' Matilda whispered.

'Ah think so too,' Lavender whispered back. 'Ah cannae credit that onybody in the world could eat a hale cake that size.'

'The Trunchbull doesnae,' Matilda whispered. 'Check the Heidie. She's taen a pure riddy. She's gonnae mollocate him if he wins.'

The laddie wis slowin doon noo. There wis nae doubt aboot that. But he kept stechin the stuff intae his geggie, dead set like a lang-distance runner wha's sichted the finishin line and kens he jist hus tae stick in. As the verra last mouthfu disappeart, the weans were up tae high doh, there wis a sclammer o cheerin and clappin; weans were lowpin on tae their chairs and yellochin, 'Weel done, Brucie! Gaun yersel, Brucie! Gold medal fur ye!'

The Trunchbull stood like a stookie on the platform. She'd a coupon like a cuddie's and it hud turnt the colour o meltit lava; she wis in sic a tirr that her een were glisterin. She glowered at Bruce Dubskelper, wha wis sittin on his chair like some owersteched golach, stappit fu, no able tae move or speak. A sype o sweit trinkled his brinkie-broo but he'd a muckle smirk o triumph on his coupon.

Suddenly the Trunchbull lunged forrit and grabbed the muckle china ashet whaur the cake hud been. She

heezed it up in the air and brocht it doon wi a blatter richt on the tap o Bruce Dubskelper's heid and the bits skited aw ower the platform.

The laddie wis noo that fu o cake he wis like a sack o slaistery cement and ye couldnae huv hurted him wi a sledge-hammer. He jist shook his heid a few times and gaed on grinnin.

'Awa and bile yer heid!' skraiched the Turnbull and she mairched aff the platform, wi the cook richt ahint her.

Lavender

In the middle o the first week o Matilda's first term, Miss Honey said tae the weans, 'Ah've some gey important news fur ye, so pit oan yer listenin lugs. You and aw, Matilda. Pit thon book doon fur a minute and tak tent.'

The bairns' wee faces looked up eagerly and listened.

Miss Honey gaed on. 'The Heidie likes tae tak ower the class fur wan period a week. She does this wi every class in the schuil and every class hus its ain special day and time. Oors is aye twa o'clock on a Thursday efternoon, richt efter dinner. So the morra at twa o'clock, Miss Trunchbull will be takkin ower fae me fur wan lesson. Ah'll be here too, of course, but ah'll jist be watchin, no teachin. D'ye unnerstaund?'

'Aye, Miss Honey,' they cheetled.

'A wee word o warnin tae ye aw,' Miss Honey said. 'The Heidie is awfie strict aboot everythin. Mak sure yer claes are clean, yer coupons are clean and yer haunds are clean. Speak only when ye're spoken tae. When she speirs ye a question staund up first afore ye answer. Never argy-bargy wi her. Never gie her ony backchat. Dinnae try tae be funny or she'll get carnaptious and ye'll be cruisin fur a bruisin.'

'Ye're no wrang there,' Lavender murmled.

'Ah'm quite sure she will be giein ye a test on whit

128

ye're supposed tae huv learnt this week, which is yer twa-times tables. So ye'd better swot it up the nicht. Get yer mammy or daddy tae hear ye sayin it.'

'Whit else will she test us on?' a wean asked.

'Spellins,' Miss Honey said. 'Try tae mind everythin ye've learnt these past few days. And wan mair thing. There hus tae be a jug o watter and a gless on the table when the Heidie comes in. She never taks a lesson wioot it. Noo, wha's gonnae make sure she's got it?'

'Me,' Lavender said at wanst.

'Grand,' Miss Honey said. 'Your job is tae go tae the kitchen and get the jug, then fill it wi watter and pit it on the table here wi a clean empty gless jist afore the lesson starts.'

'Whit if the jug's no in the kitchen?' Lavender speired.

'There's a dozen o the Heidie's jugs and glesses in the kitchen,' Miss Honey said. 'She uses them aw ower the schuil.'

'Ah'll no forget,' Lavender said. 'Cross ma hert.'

Awready, Lavender's pawkie mind wis gaun ower the possibilities o this watter-jug job. She wis desperate tae dae somethin truly heroic. She looked up tae the aulder lassie, Hortensia fur the gallus things she'd done at the schuil. She looked up tae Matilda too. Matilda hud sworn her tae secrecy no tae tell a sowl aboot the parrot job she'd poued aff at hame, as weel as the great hair-oil palaver that hud bleached her faither's hair. It wis her shot noo tae become a heroine if she could jist dream up a brilliant ploy.

On her way hame fae schuil that efternoon she sterted tae think aboot aw the possibilities, and when at last she came up wi a pure cracker o an idea, she worked everythin oot and laid her plans as tentily as the Chooky Wellinton done afore the Battle o Waterloo. Okay, her enemy wisnae Napoleon. But naebody at Skelpem Haw thocht their Heidie wis ony less frichtsome than the weel-kent Frenchman. She'd need tae be richt skeely and keep everythin in hidlins, if she wis gonnae live tae tell the tale.

There wis a clarty dub at the bottom o Lavender's gairden, and a faimly o esks bided in it. There's a gey wheen o esks livin in ponds, but folk haurdly ever see them because they're awfie blate, mirky craiturs. It's an ugsome greeshach animal, a bit like a babbie crocodile but wi a shorter heid. It'll no dae ye ony herm, but it looks as if it wid. It's aboot six inches lang and awfie glaury, wi greenish-grey skin on tap and an orange-coloured belly unnerneath. It's an amphibian, so it can bide in and oot o watter.

That nicht, Lavender gaed tae the end o the gairden, hell bent on catchin an esk. They are jinky craiturs and it's no easy tae get a haud o them. She lay on the bank fur a lang whiles, patiently bidin her time till she spotted a muckle stoater. Then, usin her schuil bunnet as a net, she dooked and gripped it. She hud lined her pencil-box wi star-grass fur the craitur, but she discovered that it wisnae that easy tae get the esk oot fae her bunnet and intae the pencil-case. It squiggled and wammled like quicksilver and, forby that, the pencil-case wis barely lang eneuch tae haud it. When she managed it at last, she hud tae tak tent and no get its tail fankled in the lid when she slid it shut. The laddie neist door cried Rupert Entwhistle

131

hud tellt her that if ye hacked aff an esk's tail, the tail stayed alive and grew intae anither esk ten times bigger than the first yin. It micht be the size o an alligator. Lavender didnae really believe this, but she wisnae gonnae tak ony chances.

In the end, she managed tae wachle the lid o the pencil-box richt hame and the esk wis hers. Then, on second thochts, she opened the lid a toty crack, so the craitur could breathe.

Neist day, she cairried her secret wappen tae schuil in her schuilbag. She wis up tae high doh wi excitement. She wis desperate tae tell Matilda aboot her plan. Actually she wanted tae tell the hale class. But she finally decided no tae tell a sowl. It wis better that way because then naebody, no even if they got frichtsomely tortered, could clype and let on it wis her daein.

It wis dinner-time. The day it wis sausages and baked beans, Lavender's favourite dinner, but she couldnae eat it.

'Ur ye feelin aw richt, Lavender?' Miss Honey speired fae the heid o the table.

'Ah'd a muckle breakfast,' Lavender said. 'Ah'm stappit fu.'

Jist efter dinner, she jouked aff tae the kitchen and fund wan o the Trunchbull's weel-kent jugs. It wis a muckle roond thing made oot o blue glazed pottery. Lavender jawed watter intae it till it wis hauf-fu and cairried it, alang wi a gless, intae the classroom, settin them baith on the teacher's table. Naebody else wis

133

there. Like lightnin, Lavender got her pencil-case fae her schuilbag and slid open the lid jist a toty bit. The esk wis lyin there, no movin. Wi great care she held the box ower the neck o the jug and poued the lid open and papped in the esk. There wis a plash as it landed in the watter, then it spluitered aboot deleerit fur a few seconds afore it settled doon. And noo, tae mak the esk feel mair at hame, Lavender decided tae gie it aw the star-grass fae the pencil-box as weel.

The deed wis done. Awthin wis ready. Lavender pit her pencils back in her drookit pencil-case and set it doon in its richt place on her desk. Then she gaed oot and jyned the ither bairns in the playgrund till it wis time fur the lesson tae stert.

The Weekly Test

At exactly twa o'clock the class gaithered, includin Miss Honey, wha'd taen tent that the jug o watter and the gless were in their richt places. Then she gaed and stood at the back o the class.

Everybody waited. Suddenly in mairched the muckle figure o the Heidie in her belted smock and green breeks.

'Guid efternoon, bairns,' she bowffed.

'Guid efternoon, Miss Trunchbull,' they cheetled.

The Heidie stood in front o the class, legs apairt, haunds on her hurdies, glowerin at the wee laddies and lassies sittin timorsome at their desks in front o her.

'*No* a verra bonnie sicht,' she said. She looked scomfished, as if she wis seein a toalie a dug hud keeched in the middle o the flair. 'Whit a clamjamfry o scunnersome wee rankels yous ur.'

They aw hud the sense tae keep their mooths shut.

'It gies me the dry boke,' she gaed on, 'tae think that ah'm gonnae huv tae thole a midden o wee scarts in ma schuil fur the neist six year. Ah ken that ah'm gonnae huv tae expel as mony of yous as possible or ah'll be gaun gyte.' She paused and snochtered a wheen o times. It wis an unco noise. Ye can hear noises like thon if ye gang through a stables when the

135

cuddies are eatin their fother. 'Ah suppose,' she gaed on, 'yer mithers and faithers say yous ur wunnerfu. Weel, here ah'm ur tae tell ye the opposite and yous hud better believe me. Staund up, the lot o ye!'

They aw got quickly tae their feet.

'Noo, pit yer haunds oot in front o ye. And as ah walk by ah want ye tae turn them ower so's ah can see if they're clean on baith sides.'

The Trunchbull sterted tae mairch slowly alang the rows o desks, inspectin their haunds. It wis gaun fine till she came tae a wee laddie in the second row.

'Whit's yer name?' she bowffed.

'Nigel,' the laddie said.

'Nigel whit?'

'Nigel Hicks,' the laddie said.

'Nigel Hicks whit?' the Trunchbull belloched. She belloched that loud she near blew the laddie oot the windae.

'That's aw,' Nigel said. 'Unless ye want ma middle names as weel.' He wis a fechty wee laddie and ye could see he wis ettlin no tae be feart fae the Gorgon towerin abuin him.

'Ah dinnae want yer middle names, ya plook!' the Gorgon belloched. 'Whit is ma name?'

'Miss Trunchbull,' Nigel said.

'Then use it when ye speak tae me! Noo then, let's gie it anither go. Whit is yer name?'

'Nigel Hicks, Miss Trunchbull,' Nigel said.

'That's better,' the Trunchbull said. 'Yer haunds are manky, Nigel! When did ye last wash them?'

'Weel, ah'm no richt sure. Ah cannae richt mind. It micht o been yesterday or mibbe the day afore.'

The Trunchbull's hale body and coupon seemed tae sweel up as if somebody wis pluffin her up wi a bicycle pump.

'Ah kent it!' she belloched, 'Ah kent as soon as ah

137

seen ye that ye were naethin but a wee daud o drite! Whit's yer faither's job, a midgie-raker?'

'He's a doctor,' Nigel said. 'And an unco guid yin. He says we're aw hoachin wi beasties onyhow so a wee bit mair clart never hurted onybody.'

'Ah'm gled he's no ma doctor,' the Trunchbull said. 'And how come, if ye dinnae mind me askin, is there a baked bean on the fronty er shirt?'

'We hud them fur wir dinner, Miss Trunchbull.'

'And dae ye usually pit yer dinner on the fronty er shirt, Nigel? Is this whit this weel-kent doctor faither o yours hus taucht ye tae dae?'

'Baked beans are haurd tae eat, Miss Trunchbull. They keep on fawin aff ma fork.'

'Ya minger!' the Trunchbull belloched. 'Ye're a walkin flech-factory! Ah dinnae want tae see ony mair o ye the day. Go and staund in the corner on wan leg wi yer coupon turnt tae the waw!'

'But, Miss Trunchbull . . .'

'Dinnae argy-bargy wi me, laddie, or ah'll mak ye staund on yer heid! Noo dae as yer tellt!'

Nigel gaed.

'Noo, bide there, laddie, while ah gie ye a spellin test tae see if ye've learnt onythin at aw this past week. And dinnae turn roond when ye speak tae me. Keep yer feechie wee fizzog tae the waw. Noo then, spell "write".'

'Which wan?' Nigel speired. 'The thing ye dae wi a pen or the wan that means the opposite o wrang?' He happened tae be an unco gleg bairn and his mither

138

hud worked haurd wi him at hame on spellin and readin.

'Screivin wi a pen, ya wee gumph.'

Nigel gied her the richt spellin, which pit the Trunchbull's gas at a peep. She thocht she'd gien him a fykie word, wan that he'd no huv learnt yet, and she wis scunnered he'd got it richt.

Then Nigel said, still balancin on wan leg and forenent the waw, 'Miss Honey taucht us how tae spell a new word yesterday and it wis dead lang.'

'And whit word wis that?' the Trunchbull speired, saftly. The safter her voice wis, the mair unchancy it wis, but Nigel never kent this.

'"Difficulty",' Nigel said. 'Aw the bairns in the class can spell "difficulty" noo.'

'Haivers,' the Trunchbull said. 'Ye're no supposed tae learn lang words like thon till ye're at least eicht or nine. And dinnae tell me that onybody in the class can spell thon word. Ye're lyin tae me, Nigel.'

'Test somebody,' Nigel said, chancin his luck. 'Test onybody ye like.'

The Trunchbull took a sklent roond the classroom wi uncannie glisterin een. 'You,' she said, pointin at a toty, glaikit wee lassie cried Prudence, 'spell "difficulty".'

Amazinly, Prudence spelled it richt and wioot switherin.

The Trunchbull wis dumfoonert. 'Jings!' she snochtered. 'And ah suppose Miss Honey wasted a hale lesson teachin ye tae spell wan word?'

'Aw naw she didnae,' Nigel wheeped. 'Miss Honey taucht us it in three minutes so we'll never forget it. She teaches us loads o words in three minutes.'

'And whit exactly is this magic method, Miss Honey?' speired the Heidie.

'Ah'll show ye,' the bold Nigel piped up again, comin tae Miss Honey's rescue. 'Can ah pit ma ither fit doon and birl roond, please, while ah show ye?'

'Naw ye cannae!' snipped the Trunchbull. 'Stay whaur ye ur and show me!'

'Richt ye ur,' said Nigel, shooglin aboot crazily on his wan leg. 'Miss Honey gies us a wee song aboot each word and we aw sing it thegether and we learn the spellin in nae time. D'ye want tae hear the song aboot "difficulty"?'

'Ah cannae wait,' the Trunchbull said, dead sarky.

'Here we go,' Nigel said.

'Mrs D, Mrs I, Mrs FFI,
Mrs C, Mrs U, Mrs LTY.

That spells difficulty.'

'Whit a load a mince!' snochtered the Turnbull. 'How come aw these weemin ur merriet? Onyhow, ye're no supposed tae be teachin poetry when ye're teachin spellin. Dinnae dae it again, Miss Honey.'

'But it's a great help when they're learnin the haurder words,' Miss Honey murmled.

'Dinnae dibber-dabber wi me, Miss Honey!' the Trunchbull brattled. 'Jist dae whit ye're tellt! Ah'm gonnae gie yous weans a test on yer times tables tae see if Miss Honey hus taucht ye onythin at aw aboot them.' The Trunchbull hud returned tae her place in

141

front o the class and she glowered at them like Auld Nick, her een slowly scannin the rows o toty weans. 'You!' she bowffed, pointin at a wee laddie cried Rupert in the front row, 'Whit's twa seevens?'

'Sixteen,' Rupert answered, daft-like.

The Trunchbull stramped forrit, slow and saft-fitted, like a tigress stalkin a wee rae-deer. Rupert suddenly became aware o the danger signals and tried again, fast. 'It's eichteen!' he yauled. 'Twa seevens are eichteen, no sixteen!'

'Ya donnert wee dowfie!' the Trunchbull belloched. 'Ya wanwit willyart! Ya tattie-heidit torag! Ya slabbery snotter!' She wis noo staundin richt ahint Rupert, and suddenly she raxed oot a haund the size o a tennis racquet and clautched aw the hair on Rupert's heid in her fist. Rupert hud a rush o gowden hair. His mammy thocht it wis bonnie tae behaud and took delicht in lettin it grow ower-lang. The Trunchbull laithed lang hair on laddies as much as she hated pleats and pigtails on lassies, and she wis aboot tae show it. She grippit Rupert's lang gowden ringlets in her muckle haund and then, liftin her muscly richt airm, heezed the hapless laddie skite oot his seat and held him high in the air.

Rupert yelloched. He skewed and wammled and blootered the air and gaed on yellochin like a stickit sow, and Miss Trunchbull belloched, 'Twa seevens are fourteen! Twa seevens are fourteen! Ah'll no let go till ye say it!'

Fae the back o the class Miss Honey pewled, 'Please,

Miss Trunchbull! Please let him go! Ye're hurtin him. He micht go baldy!'

'Aye weel he micht if he doesnae stop wammlin aboot!' snortled the Trunchbull. 'Stay at peace, ya slidderie slater!'

It wis some sicht tae see this monstrous Heidie danglin the wee laddie high in the air and the laddie birlin and squee-geein aboot like somethin on the end o a string, skraichin his heid aff.

'Say it!' belloched the Trunchbull. 'Say twa seevens is fourteen! Get a move on or ah'll stert yerkin ye up and doon and yer hair will faw oot and we'll huv eneuch tae stech a settee! On ye go, laddie! Say twa seevens is fourteen and ah'll lowse ye.'

'T-t-twa s-seevens are f-f-fourteen,' peched Rupert, and the Trunchbull, true tae her word, opened her haund and literally lowsed him. He wis danglin a lang way fae the grund and he plummeted doon and hit the flair, stoatin like a fitba.

'Get up and stop girnin,' the Trunchbull bowffed.

Rupert got up and gaed back tae his desk, massagin his scaup wi baith haunds. The Trunchbull returned tae the front o the class. The weans sat there, hypnotised. Nane o them hud ever seen onythin like this afore. It wis a beezer o a show. It wis better than a pantomime, but wi wan muckle difference. In this room there wis an enormous human bomb that could gang aff and blaw somebody tae smithereens at ony minute. The weans' een were thirled tae the Heidie. 'Ah dinnae like wee folk,' she wis sayin. 'Wee folk should never be seen by onybody. They should be kept oot o sicht in boxes like hairpins and buttons. Ah cannae fur the life o me see how weans huv tae tak that lang tae grow up. Ah think they dae it jist tae be scunnersome.'

Anither unco fechty wee laddie in the front row piped up and said, 'But surely ye were a wee body wanst, Miss Trunchbull, were ye no?'

'Ah wis *never* a wee person,' she snipped. 'Ah've been muckle aw ma life and ah dinnae ken how ithers cannae be the same.'

'But ye must huv sterted oot as a babbie,' the laddie said.

'*Me*! A babbie!' yelloched the Trunchbull. 'How daur ye suggest a thing like thon! Whit cheek! Whit nebbie nash-gab! Whit's yer name, laddie? And staund up when ye speak tae me.'

The laddie stood up. 'Ma name is Eric Ink, Miss Trunchbull,' he said.

'Eric *whit*?' the Trunchbull skelloched.

'Ink,' the laddie said.

'Dinnae be daft. There's nae sic name!'

'Look in the phone book,' Eric said. 'Ye'll see ma faither there unner Ink.'

'Richt then,' the Trunchbull said. 'Ye may be Ink, laddie, but let me tell ye somethin. Ye're no indelible. Ah'll soon rub ye oot if ye stert gettin smairt wi me. Spell whit.'

'Ah dinnae unnerstaund,' Eric said. 'Whit dae ye want me tae spell?'

'Spell whit, ya dumplin! Spell the word "whit"!'

'W . . . U . . . T,' Eric said, answerin too quickly.

There wis a dreidfu silence.

'Ah'll gie ye wan mair shot,' the Trunchbull said, no movin.

145

'Aw, ah ken,' Eric said. 'It's got an H in it. W . . . H . . . U . . . T.' Easy-peesie.'

Wi twa lang strides the Trunchbull wis ahint Eric's desk, and there she stayed staundin, a pillar o doom towerin ower the dwaibly laddie. Timorsomely, Eric keeked ower his shooder at the monster. 'Ah *wis* richt, wis ah no?' he murmled, feart.

'Ye were wrang!' the Trunchbull bowffed. 'In ma opinion ye're the kind o pizenous wee plook that's aye wrang! Ye sit wrang! Ye look wrang! Ye speak wrang! Ye're jist oot-throu wrang! Ah'll gie ye wan mair shot at bein richt! Spell "whit"!'

Eric hesitated. Then he said, dead slow, 'It's no W . . . U . . . T, and it's no W . . . H . . . U . . . T. Aw, ah ken noo. It must be W . . . H . . . U . . . T . . . T.'

Staundin ahint Eric, the Trunchbull raxed oot and claucht the laddie's twa lugs, wan in each haund, nippin them atween forefinger and thumb.

'Aw!' yauled Eric. 'That's sair!'

'Ah've no sterted yet!' the Trunchbull snipped. And noo, grippin him stievely by the twa lugs, she heezed him oot his seat, haudin him high in the air.

Like Rupert afore him, Eric cried blue murder.

Fae the back o the class, Miss Honey yauled, 'Miss Trunchbull! Stop! Please let go! His lugs'll come aff!'

'They'll never come aff,' the Trunchbull yauled back. 'Ah've discovered, through lang experience, Miss Honey, that the lugs o wee laddies are stickit firm tae their heids.'

'Pit him doon, Miss Trunchbull, please,' begged Miss Honey. 'Ye'll dae him a damage, fur sure! Ye'll rive his lugs richt aff!'

'Lugs never come aff!' the Trunchbull gollered. 'They streetch in a byous way, like these wans ur daein noo, but ah'm tellin ye, they never come aff!'

Eric wis squaikin even louder and treadin the air wi his legs.

This wis the first time Matilda had ever seen a laddie, or onybody else even, haudit up by his lugs alane. Like Miss Honey, she thocht it wis a dead cert baith his lugs were gonnae come richt aff ony minute wi thon wecht on them.

The Trunchbull wis yellochin, 'The word "whit" is spelled W . . . H . . . I . . . T. Noo spell it, ya wee shilcorn!'

Eric never hesitated. He'd learned fae watchin Rupert a puckle o minutes afore, that the the sooner

ye answered, the sooner ye wur lowsed. 'W . . . H . . . I . . . T,' he pleeped, 'spells "whit"!'

Still haudin him by the lugs, Miss Trunchbull lowered him back intae the chair ahint his desk. Then she mairched back tae the front o the class, dichtin aff her haunds wan agin the ither, like somebody wha's jist been touchin somethin manky.

'That's how tae make them learn, Miss Honey,' she said. 'Ah warn ye, it's nae use jist *tellin* them. Ye've got tae *batter* it intae them. There's naethin like a wee bit o birlin and tirlin tae eggle them tae mind things. It concentrates their minds wunnersome.'

'Ye could dae them a permanent damage, Miss Trunchbull,' Miss Honey cried oot.

'Aye, ah huv, ah'm sure ah huv,' the Trunchbull answered wi a grin. 'Eric's lugs will huv streetched a lot in the last puckle o minutes. They'll be langer noo than they were afore. There's naethin wrang wi that, Miss Honey. It'll gie him an interestin pixie look fur the rest o his days.'

'But Miss Trunchbull . . .'

'Aw shut yer geggie, Miss Honey! Ye're as sapsy as the weans. If ye cannae thole it here then awa and fund a job in some mim-moued private schuil fur wheengin rich gets. When ye've been teachin fur as lang as me, ye'll ken that's there's nae point bein couthie tae bairns. Read *Nicholas Nickleby*, Miss Honey, by Mr Dickens. Read aboot Mr Wackford Squeers, the braw heidie o Dotheboys hall. He kent how tae haunle the wee skellums, so he did! He kent how tae use the birk! He kept their bahoukies that hot ye could fry eggs and bacon on them! A stoater o a book, thon. But ah'll bet this scroosh o numpties here will never read it because, by the looks o them, they'll no learn onythin.'

'Ah've read it,' Matilda said, quietlike.

The Trunchbull flisked her heid roond and looked cannily at the wee lassie wi daurk hair and deep broon een, sittin in the second row. 'Whit did ye say?' she speired flintily.

'Ah said ah've read it, Miss Trunchbull.'

'Read whit?'

'*Nicholas Nickleby*, Miss Trunchbull.'

'Ye're lyin tae me, madam!' the Trunchbull belloched, glaurin at Matilda. 'Ah doubt there is wan wean in the hale schuil wha's read thon book, and here ye ur, a wee horniegolloch, sittin in the lowest class, ettlin tae tell me a muckle great lie like thon! Whit did ye dae that fur? Ye must think ma heid buttons up the back! D'ye think ah'm an eejit, hen?'

'Weel . . .' Matilda said, then she swithered. She wanted tae say, 'Aye ah dae,' but then she'd huv been cruisin fur a bruisin. 'Weel . . .' she said again, still hesitatin, still refusin tae say 'Naw'.

The Trunchbull sensed whit the bairn wis thinkin and she wisnae happy. 'Staund up when ye speak tae me!' she snippit. 'Whit dae they cry ye?'

Matilda stood up and said, 'Ma name is Matilda Wormwidd, Miss Trunchbull.'

'Wormwidd?' the Trunchbull said. 'So ye're the

150

dochter o the mannie wha owns Wormwidd Motors?'

'Aye, Miss Trunchbull.'

'He's a linkie limmer! Last week he sellt me a second-haund motor that he said wis near split-new. Ah thocht he wis a braw mannie then. But this mornin, when ah wis drivin the motor through the clachan, the hale engine fell oot on tae the road. It wis steched fu o sawdust! Thon mannie's a riever, a sliddery swick! He'll huv his heid in his haunds tae play wi when ah get a haud o him!'

'He's gleg at his business,' Matilda said.

'Gleg, ma bahoukie!' the Trunchbull gollered. 'Miss Honey tellt me ye're meant tae be gleg too! Weel, hen, ah dinnae like gleg folk! They're aw sleekit. Ye're maist certainly sleekit! Afore ah fell oot wi yer faither he tellt me some ugsome tales aboot the way ye behave at hame. But ye'd better no try onythin at schuil, hen. Ah'll be keepin a close watch on ye fae noo on. Sit doon and haud yer wheesht.'

The First Miracle

Matilda sat doon at her desk. The Trunchbull seated hersel ahint the teacher's table. It wis the first time she'd sat doon durin the lesson. Then she raxed oot and took haud o her watter-jug. Still haudin the jug by the haunle but no liftin it yet, she said, 'Ah've never been able tae unnerstaund how come wee bairns are that laithsome. They dae ma heid in. They're like gollachs. We should get rid o them richt awa. We get rid o flees wi flee-spray and flee paper. Ah've aften thocht o inventin a spray fur riddin wirsels o wee weans. Imagine walkin intae this room wi a muckle great spraygun in ma hauns and stertin tae skoosh it. Or even better, a load o muckle strips o sticky paper. Ah'd hing them aw roond the schuil and ye'd aw get stuck tae them and that wid be the end o it. D'ye no think that's a braw idea, Miss Honey?'

'If it's meant tae be a joke, Miss Trunchbull, ah dinnae think it's verra funny,' Miss Honey said fae the back o the class.

'You widnae,' the Trunchbull said. 'And it's no meant tae be funny. Ma idea o a perfit schuil, Miss Honey, is wan wi nae weans in it. Wanny these days ah'm gonnae stert a schuil like that masel. Ah think it'll dae richt weel.'

The wumman's aff her heid, Miss Honey tellt

hersel. She's pure gyte. She's the wan we should be gettin rid o.

The Trunchbull noo lifted the muckle blue cheeny watter-jug and poured some watter intae her gless. And suddenly, alang wi the watter, oot spleitered the lang slaistery esk richt intae the gless. Sploosh!

The Trunchbull let oot a roar and lowped aff her seat as if a firework hud gaed aff unner her chair. And noo the bairns could see the lang, yella-bellied, gluthery skinnymalink o a dirdy-lochrag, birlin and tirlin in the gless, and they shiddered and jouked aboot as weel, yellochin, 'Whit is it? Aw it's mingin! It's a snake! It's a babbie crocodile! It's an alligator!'

'Watch oot, Miss Trunchbull!' cried Lavender. 'It micht bite ye!'

The Trunchbull, this michty female giant, stood there in her green breeks, tremmlin like jeely. She prided hersel on bein dead rauchle and she wis beelin because somebody hud managed tae mak her jimp and yelloch like thon. She glowered at the craitur birlin and feezin in the gless. It wis funny but she'd never seen an esk afore. Natural history wisnae her best subject. She hudnae a scooby whit this thing wis. It looked dead ugsome, richt eneuch. Slowly she sat doon again in her chair. At this moment, she looked mair frichtsome than ever. Her birse wis up and her wee black een were bleezin.

'Matilda!' she bowffed. 'Staund up!'

'Me?' Matilda said. 'Whit've ah done?'

'Staund up, ya feechie wee hornygollach!'

'Ah've no done onythin, Miss Trunchbull, honest. Ah've no seen thon slochie thing afore!'

'Staund up this minute, ya manky mauk!'

She wis laith tae dae it, but Matilda got tae her feet. She wis in the second row. Lavender wis in the row ahint her, feelin a bittie guilty. She never meant tae get her pal intae bother. But then she wisnae gonnae own up.

'Ye're a feechie, greeshach, ugsome wee spink!' the Trunchbull wis yellochin. 'Ye're no fit tae be in this schuil! Ye should be ahint bars! Ah'll blooter ye oot o here in disgrace! Ah'll get the prefects tae chase ye doon the corridor and oot the front door wi their hockey sticks. Ah'll get the teachers tae mairch ye hame unner armed guard! And then ah'll mak richt sure ye get sent tae the jyle fur wickit lassies fur at least forty year!'

The Trunchbull wis in sic a tirr that she'd taen a pure riddy and flichters o froth were gaitherin at the corners o her mooth. But she wisnae the only wan whase birse wis gettin up.

Matilda wis gettin fashed too. She didnae mind gettin the blame fur somethin she'd actually done. She could see that wis fair dos. But naebody hud ever accused her o a crime she'd definitely no committed. She'd naethin tae dae wi thon gruesome craitur in the gless. As sure as iron, she thocht, thon ill-faurrant auld Trunchbull isnae gonnae pit the wyte on me!

'*It wisnae me!*' she skraiched.

'Aye it wis,' the Trunchbull rousted back. 'Naebody else could huv thocht up a pliskie like thon! Yer faither

wis richt tae warn me aboot ye!' The wumman hud
lost it and she wis in a tirrivee. She wis raiblin like a
radgie. 'Ye're finished wi this schuil, ya wee bizzum!'
she skelloched. 'Ye're finished everywhaur. Ah'm
gonnae mak sure that ye're pit awa somewhaur even
the corbies cannae cack their keech on ye. Ye'll never
see the licht o day again!'

'*Ah'm tellin ye ah didnae dae it!*' Matilda skraiched. 'Ah've
never even seen a craitur like thon afore in ma life!'

'Ye've pit a . . . a . . . crocodile in ma drinkin watter!'
the Trunchbull yelloched back. 'There's nae worse
crime in the world agin a Heidie! Noo sit doon and
shut yer geggie! D'ye hear me – sit doon!'

'*But ah'm tellin ye . . .*' Matilda bawled, refusin tae sit doon.

'Ah'm tellin ye tae shut yer geggie!' the Trunchbull gollered. 'If ye dinnae shut yer mooth and sit doon ah'll tak aff ma belt and leather ye wi the buckle end!'

Slowly, Matilda sat doon. Whit a scunner! It wisnae fair! How daur she pap her oot the schuil fur somethin she never done!

Matilda felt her birse risin . . . and risin . . . and risin . . . she wis that beelin that somethin inside her wis gonnae blaw up any minute.

The esk wis still whimplin aboot in the tall gless o watter. It didnae look that comfy. The gless wis ower wee fur it. Matilda glowered at the Trunchbull. She couldnae thole her. She glowered at the gless wi the esk in it. She wanted tae mairch up and grab the gless and fling the contents, esk and aw, ower the Trunchbull's heid. She tremmled tae think whit the Trunchbull wid dae tae her if she did but.

The Trunchbull wis sittin ahint the teacher's desk, gawpin at the esk in the gless, wi a look on her face that wis hauf-grue and hauf-fascination.

Matilda's een were riveted tae the gless. And noo, dead slowly, an unco and by-ordinar feelin sterted creepin ower Matilda. The feelin wis maistly in her een. A kind o electricity seemed tae be gaitherin inside them. A sense o power wis growin there, smeddum wis rootin itsel deep in her een. But there wis anither, different feelin she couldnae unnerstaund. It wis like glisks o lightnin. Wee waffs o lightnin seemed tae be glentin fae her een. Her een were stertin tae get hot, great feems o heat like muckle virr buildin up inside them. It wis a by-ordinar feelin. She kept her een steadily fixed on the gless and noo the fushion wis concentrated in wan wee bit o her een, growin mair and mair strang and it felt as if toty invisible airms wi haunds on them were shootin oot her een towards the gless.

'*Cowp it!*' Matilda whispered. '*Mak it fa ower!*'

She seen the gless shoogle. It actually tilted back a toty bit, then richted itsel again. She kept pushin at it wi aw thae millions o invisible wee airms and haunds that were raxin oot fae her een, feelin the power that

wis skymin straight fae the twa wee black spreckles richt in the centres o her een.

'*Cowp it!*' Matilda whispered again. '*Mak it tip ower!*'

Wanst mair the gless shoogled. She pushed haurder still, willin her een tae shoot oot mair fushion. And then, awfie awfie slowly, that slow she could haurdly see it happenin, the gless sterted tae lean backwards, furder and furder and furder backwards, till it wis balancin on jist wan edge o its base. And there it teetered fur a second or twa afore it finally cowped ower and landed on the desk wi a tinglin soond. The watter and the whimplin esk spleutered aw ower Miss Trunchbull's muckle bosie. The Heidie let oot a yelloch that must huv brattled aw the windae-panes in the buildin, and fur the second time in the last five minutes, she skited oot her seat like a rocket. The esk claucht fur dear life at the cotton smock happed ower the muckle bosie, hingin fae it by its wee clew feet. The Trunchbull looked doon and seen it and she belloched even louder, and wi a dicht o her haund, sent the craitur fleein across the room. It landed on the flair by Lavender's desk and she jouked doon richt quick, lifted it and pit it in her pencil-case fur anither time. An esk, she thocht, wis a haundy thing tae huv aroond.

The Trunchbull, her coupon mair like biled gammon than ever, wis staundin hotterin afore the class, in a richt tirr. Her muckle bosie wis heavin in and oot and the sloosh o watter doon the front o it made a daurk wet patch that had likely steeped richt through tae her skin.

'*Wha done it?*' she rowsted. '*Come on! Own up! Get doon here. Ye'll no get aff wi it this time! Wha played this fousome trick? Wha cowped ower this gless?*'

Naebody said a word. The hale room stayed silent as a tomb.

'Matilda!' she roared. 'It wis you! Ah ken it wis you!'

Matilda, in the second row, sat dead still and said nothin. A weird feelin sweeped ower her; she wis

blythe and confident in hersel and aw o a sudden she
fund she wisnae feart fae onybody in the world. By
the power o her een alane she had made a gless cowp
and slitter its contents ower the gruesome Heidie and
onybody wha could dae that could dae onythin.

'Speak up, ya sleekit scab!' rowsted the Trunchbull.
'Admit that ye done it!'

Matilda looked richt intae the bleezin een o this

furious female giant and said, dead calm, 'Ah've no moved fae ma desk, Miss Trunchbull, since the lesson sterted. Ah cannae say mair nor that.'

Suddenly the hale class seemed tae rise up agin the Heidie. 'She never moved!' they skraiched. 'Matilda never moved. Naebody moved! Ye must huv cowped it ower yersel!'

'Ah never cowped it ower!' rowsted the Trunchbull. 'How daur ye say a thing like thon! Speak up, Miss Honey. Ye must huv seen everythin! Wha cowped ma gless ower?'

'Nane o the bairns, Miss Trunchbull,' Miss Honey answered. 'Ah sweir that naebody hus moved fae his or her desk aw the time ye've been here, barrin Nigel and he's never moved fae his corner.'

Miss Trunchbull glowered at Miss Honey. Miss Honey didnae even blink. 'Ah'm tellin ye the truth, Miss Trunchbull,' she said. 'Ye must huv cowped it

ower wioot realisin. It's easy done.'

'Ah'm scunnered wi the lot o yous, ya boorach o bogie-eatin bairns!' rowsted the Trunchbull. 'Ah'll no waste ma precious time in here!' And wi that, she mairched oot the room, slammin the door ahint her.

There wis total silence. The bairns were stammygastered. Miss Honey walked tae the front o the class and stood ahint her table. 'Jings!' she said. 'Ah think we've hud eneuch o schuil fur the wan day, sure we huv? That's us finished. Ye can aw gang oot intae the playgrund and wait fur yer mammies and daddies tae come and get ye.'

The Second Miracle

Matilda didnae follow the bairns breengin oot the class. Efter aw the ithers hud gane awa, she stayed at her desk, quietlike and pensefu. She kent she hud tae tell somebody aboot whit hud happened wi the gless. She couldnae keep a muckle secret like that happed inside her. Whit she needed wis jist wan body, wan wise and couthie grown-up, wha could help her tae unnerstaund whit this extraordinar thing meant.

Her mither and faither wid be nae use at aw. If they believed her tale, and she doubted they wid, they'd never realise jist whit an amazin thing hud happened that efternoon. Aw o a sudden, Matilda decided that the wan person she wanted tae confide in wis Miss Honey.

Matilda and Miss Honey were noo the only twa left in the classroom. Miss Honey wis sittin at her table, reddin oot some papers. She looked up and said, 'Weel, Matilda, are ye no gaun ootside wi the ither bairns?'

Matilda said, 'Please, can ah talk tae ye fur a minute?'

'Sure ye can. Whit's up?'

'Somethin awfie weird hus happened tae me, Miss Honey.'

Richt awa Miss Honey became alert. She'd tried tae talk aboot Matilda tae the Heidie and tae the ugsome

Mr and Mrs Wormwidd, and baith times it hud turnt oot ill. Since then she'd been thinkin a lot aboot this bairn and wonderin whit she could dae tae help her. And noo, here wis Matilda sittin in the classroom wi a strange upliftit look on her face and speirin if they could huv a wee collogue thegether, jist the twa o them. Miss Honey had never seen her that carfuffled afore.

'Aye, Matilda,' she said. 'Whit is this weird thing that's happened?'

'Miss Trunchbull isnae gonnae pap me oot the schuil, is she?' Matilda speired. 'Because ah never pit thon craitur in her jug o watter. Cross ma hert and hope tae die, it wisnae me.'

'Ah ken it wisnae,' Miss Honey said. 'The Heidie jist got hersel ower-flochtert, that's aw.'

'That's guid,' Matilda said. 'But that's no whit ah want tae talk tae ye aboot.'

'Whit dae ye want tae talk tae me aboot, Matilda?'

'Ah want tae talk tae ye aboot the gless o watter wi thon craitur in it,' Matilda said. 'Ye saw it splooshin aw ower Miss Trunchbull, did ye no?'

'Sure ah did.'

'Weel, Miss Honey, ah never touched it. Ah never gaed near it.'

'Ah ken ye didnae,' Miss Honey said. 'Ye heard me tellin the Heidie that it couldnae possibly huv been you.'

'But it *wis* me, Miss Honey,' Matilda said. 'That's jist whit ah want tae talk tae ye aboot.'

Miss Honey paused and looked cannily at the bairn.

'Ah'm no sure whit ye mean,' she said.

'Ah wis that beelin when she accused me of somethin ah'd never done, that ah made it happen.'

'Ye made whit happen, Matilda?'

'Ah made the gless cowp ower.'

'Ah still dinnae unnerstaund whit ye mean,' Miss Honey said, doucely.

'Ah did it wi ma een,' Matilda said. 'Ah wis gawpin at it and wishin it wid cowp ower and then ma een gaed aw hot an weird and some kind o smeddum came oot them and the gless jist cowped ower.'

Miss Honey kept lookin stievely at Matilda through her steel-rimmed specs and Matilda looked back jist as stievely.

'Ah still dinnae get it,' Miss Honey said. 'D'ye mean ye actually willed the gless tae cowp?'

'Aye,' Matilda said. 'Wi ma een.'

Miss Honey said nothin fur a moment. She didnae think Matilda wis meanin tae tell a lie. It wis mair likely she wis jist lettin her vieve imagination run awa wi her. 'D'ye mean ye were sittin whaur ye ur noo and ye tellt the gless tae cowp and it did it?'

'Somethin like that, Miss Honey, aye.'

'If ye did that then it's the maist unco miracle onybody's ever performed since the time o Jesus.'

'Ah did dae it, Miss Honey.'

It is extraordinar, thocht Miss Honey, how aften wee bairnies hae flauchts o fancy like thon. She decided tae stop it as doucely as she could. 'Can ye dae it again?' she speired, saftlike.

'Ah dinnae ken,' Matilda said, 'but ah think ah mibbe could.'

Miss Honey moved the noo-empty gless intae the middle o the table. 'Will ah pit watter in it?' she speired, smilin a bittie.

'Ah dinnae think it's important,' Matilda said.

'Richt then. On ye go and cowp it.'

'It'll mibbe tak a wee while.'

'Tak aw the time ye want,' Miss Honey said. 'Ah'm in nae hurry.'

Matilda, sittin in the second row aboot ten fit awa fae Miss Honey, pit her elbucks on the desk and cupped her face in her haunds, and this time she gied the command richt at the stert. '*Cowp, gless, cowp!*' she ordered, but her lips didnae move and she never

made a soond. She jist yelloched the words inside her heid. And noo she concentrated the hale o her mind and brain and will up intae her een, and wanst again but much mair swith than ever she felt the electricity gaitherin and the power sweel and jow and the heat comin intae her een, and then the millions o invisible airms wi haunds on them were firin oot towards the gless, and wioot makkin ony soond at aw she kept on yellochin inside her heid fur the gless tae cowp ower. She seen it shoogle, then it teetered and cowped richt ower and landed on the table wi a tinglin soond, no twelve inches fae Miss Honey's foldit airms.

Miss Honey's geggie gawped open and her een streetched that wide ye could see the whites aw roond. She never said a word. She couldnae. She wis that stammygastered at seein the miracle that she couldnae speak. She gawked at the gless, leanin weel awa fae it as if it wis an unchancy thing. Then slowly she lifted her heid and looked at Matilda. She seen the wean, white in the face, as white as paper, tremmlin aw ower, her een glazie, gawpin straight aheid and seein naethin. Her hale face wis upheezed, her een roond and bricht, and she wis sittin there wioot words, richt bonnie in a bleeze o silence.

Miss Honey waited, tremmlin hersel a wee bittie and watchin ower the wean as she slowly roused hersel fae her dwam. And then suddenly, her face whippit intae a look o angelic calm. 'Ah'm fine,' she said and smiled. 'Ah'm jist fine, Miss Honey, so dinnae fash yersel.'

'Ye seemed that faur awa,' Miss Honey whispered, stammygastered.

'Ah wis. Ah wis fleein past the stars on siller wings,' Matilda said. 'It wis wunnerfu.'

Miss Honey wis still gawpin at the bairn, pure

dumfoonert as if she wis The Creation, The Beginnin o the World, The First Morn.

'It wis a lot quicker this time,' Matilda said quietlike.

'It's no possible!' Miss Honey peched. 'Ah dinnae believe it! Ah jist dinnae believe it!' She shut her een and kept them shut fur a wee while, and when she opened them again she seemed tae huv gaithered hersel thegether.

'D'ye want tae come fur yer tea at ma hoose?' she speired.

'Oh aye, that wid be braw,' Matilda said.

'Guid. Get yer stuff and ah'll meet ye ootside in a couple o minutes.'

'Ye'll no tell onybody aboot this . . . this thing that ah did, will ye, Miss Honey?'

'Ah widnae dream o it,' Miss Honey said.

Miss Honey's Hoose

Miss Honey met Matilda ootside the schuil yetts and the twa o them walked in silence through the High Street o the clachan. They gaed by the fruit shop, its windae fu o aipples and oranges, and the butchers wi bliddy dauds o meat laid oot on display and nekit chickens hingin up, and the wee bank and the grocers and the electrical shop, and then they came oot the ither side o the clachan ontae the narra country road whaur there were nae folk ony mair and haurdly ony motors.

And noo they were by theirsels, suddenly Matilda wis in a firr. It wis as if a valve had blawn inside her and a muckle skoosh o smeddum wis lowsed. She troddled alang beside Miss Honey, wi hilty-skilty wee hops and her fingers were fleein as if she wis strinklin them tae the four winds and her words flisted like fireworks at fu speed. It wis Miss Honey this and Miss Honey that and Miss Honey ah really dae think ah could move nearly onythin in the world, no jist cowpin glesses and wee things like that . . . ah feel ah could whammle tables and chairs, Miss Honey . . . Even when folk are sittin in the chairs ah think ah could push them ower, and mair muckle things and aw, a gey wheen mair muckle than chairs and tables . . . ah jist huv tae tak a minute tae get ma een strang and then ah can push it oot, this smeddum, at onythin at aw, jist as lang as ah'm gawpin at it haurd eneuch . . . ah huv tae gawp at it dead haurd, Miss Honey, dead dead haurd, and then ah can feel it aw happenin ahint ma een, and ma een get hot jist as if they were burnin but ah'm fine wi that, and Miss Honey . . .'

'Calm yersel, pet, calm doon,' Miss Honey said. 'Let's no get too het up this early.'

'But ye think it's interestin, dae ye, Miss Honey?'

'Aye, it's interestin richt eneuch,' Miss Honey said. 'It's mair than interestin. But we need tae ca canny fae noo on, Matilda.'

'Why huv we tae ca canny, Miss Honey?'

'Because we're taiglin wi mysterious forces, pet, that we ken naethin aboot. Ah dinnae think they're evil. They may be guid. They're mibbe even divine. But whitever they are, let's haunle them tentily.'

These were wise words fae a wise wumman, but Matilda wis in sic a feem that she couldnae see it like that. 'Ah dinnae ken how we huv tae be that canny?' she said, still hoppin aboot.

'Ah'm ettlin tae explain tae ye,' Miss Honey said patiently, 'that we're dealin wi the unkent. Ye cannae explain it. The richt word fur it is a phenomenon. It's a phenomenon.'

'Am ah a phenomenon?' Matilda speired.

'Ye mibbe are,' Miss Honey said. 'But ah'd raither ye didnae think aboot yersel as onythin in particular richt this minute. Whit ah thocht we could dae is tae rummle aboot in this phenomenon a bittie furder, jist the twa o us thegether, but make sure we ca canny aw the time.'

'D'ye want me tae dae some mair o it, then, Miss Honey?'

'Ah think so,' Miss Honey said cautiously.

'Fandabbydozy!' Matilda said.

'Ah'm likely mair bumbazed by whit ye've done than ye ur, and ah'm ettlin tae fund some mensefu way tae explain it.'

'Like whit?' Matilda speired.

'If it's mibbe got somethin tae dae wi the fact that ye are unco auld-faurrant.'

'Whit does thon word mean?' Matilda said.

'An auld-faurrant bairn,' Miss Honey said, 'is wan that kythes extraordinar glegness at an early age. Ye're unco auld-faurrant.'

'Ah'm ur?' Matilda speired.

'Sure ye ur. Ye must ken that. Look at yer readin. Look at yer mathematics.'

'Ah suppose ye're richt,' Matilda said.

Miss Honey wis astonisht that Matilda wisnae big-heidit or vauntie.

'Ah cannae help wonderin,' she said, 'if this sudden ability that's come tae ye, o bein able tae move somethin wioot touchin it, if it micht hae somethin tae dae wi yer brain power.'

'Ye mean there micht no be room in ma heid fur aw thae brains so somethin hus tae push oot?'

'That's no quite whit ah mean,' Miss Honey said, smilin. 'But whitever happens, and ah say it again, we must ca canny fae noo on. Ah still mind thon antrin, faur-awa glister on yer face efter ye cowped ower the last gless.'

'D'ye think it could actually dae me a damage? Is that whit ye're thinkin, Miss Honey?'

'It made ye feel gey weird, did it no?

174

'It made me feel amazin,' Matilda said. 'For a minute or twa ah wis fleein by the stars on siller wings. Ah tellt ye that. And ah'll tell ye somethin else, Miss Honey. It wis easier the second time, faur easier. Ah think it's like onythin else, the mair ye dae it, the easier it gets.'

Miss Honey wis walkin slowly so the wee lassie could keep up wi her wioot troddlin ower fast, and it wis richt peaceful there on the narra road noo the clachan wis ahint them. It wis wan o thae gowden autumn efternoons and there were brambles and skirps o auld man's beard in the hedges, and the haws were ripenin scarlet fur the birdies when the cauld winter came. There were tall trees here and there on either side, aik and plane and rowan, and noo and then a sweet chestane. Miss Honey, wantin tae change the subject fur a minute, tellt the names o these tae Matilda and taucht her how tae ken them by the shape o their leaves and the marl o the bark on their trunks. Matilda took aw this in and stowed it awa in her mind.

At last they came tae a slap in the hedge on the left-haund side o the road whaur there wis a five-sparred yett. 'In here,' Miss Honey said, and she opened the yett and led Matilda through and closed it again. They were noo walkin alang a narra path that wis nae mair than a roadie fur cairts. There wis a high hedge o hizzle on each side and ye could see boorachs o broon nuts in their green jaickets. The squirrels wid be gaitherin them verra soon, Miss Honey said, and stowin them awa cannily fur the dreich months aheid.

'Dae ye really *bide* doon here?' Matilda speired.

'Ah dae,' Miss Honey replied, but said nae mair.

Matilda hud never stopped tae think aboot whaur Miss Honey micht live. She'd aye thocht o her jist as a teacher, a body wha turnt up oot o naewhaur and then gaed awa again. Dae ony o us weans, she thocht, ever stop and ask wirsels whaur wir teachers gang when schuil is ower fur the day? Dae we wunner if they bide alane or if they huv a mither at hame, or a sister or a man? 'Dae ye bide aw by yersel, Miss Honey?' she speired.

'Aye,' Miss Honey said. 'Aye, verra much so.'

They were walkin ower the deep sun-baked glaurie

tracks o the path and ye'd tae tak tent o whaur ye pit yer feet if ye didnae want tae wramp yer ankle. There wis a puckle o wee birdies in the hizzle branches but that wis aw.

'It's jist a wee ferm-worker's hoosie,' Miss Honey said. 'Dinnae expect ower muckle. We're nearly there.'

They came tae a wee green yett hauf-dernt in the hedge on the richt, and near hidden by the ower-hingin hizzle boughs. Miss Honey paused wi wan haund on the yett and said, 'There it is. This is whaur ah bide.'

Matilda seen a narra clabber path leadin tae a toty rid-brick cottage. The croft wis that wee it looked mair like a doll's hoose than a human dwellin. The

bricks were auld and crummlin and verra pale rid. It hud a grey sclatit roof and wan wee lum, and there were twa wee windaes at the front. Each windae wis nae bigger than a sheet o newspaper and there wis clearly nae upstairs tae the place. On each side o the path there wis a fankle o stingy-nettles and bramble thorns and lang broon girse. A muckle aik tree stood owershadowin the hoose. Its massive spreidin boughs seemed tae be enfauldin and cooryin roond the toty biggin and mibbe hidin it fae the rest o the world.

Miss Honey, wan haund on the yett, which she hudnae opened, turnt tae Matilda and said, 'A poet cried Dylan Thomas wanst scrieved some lines that ah think on each time ah walk up this path.'

Matilda waited, and Miss Honey, in a wunnersome voice, sterted tae recite the poem:

> 'Never and never, ma lassie, ridin faur and near
> In the land o the inglestane tales, and spelled asleep,
> Fear or believe that the wolf in the sheepwhite hood
> Lowpin and bleatin roughly and blithely shall leap,
>   ma dear, ma dear,
> Oot o a lair in the flocked leaves in the dew-dipped
>   year
> Tae eat yer hert in the hoose in the rosy wood.'

There wis a moment o silence, and Matilda, wha had never afore heard great romantic poetry spoken aloud, felt somethin stirrin deep doon inside her. 'It's like music,' she whispered.

'It is music,' Miss Honey said. And then, as if she wis affrontit by lettin oot sic a secret pairt o hersel, she quickly pushed open the yett and walked up the path. Matilda hovered. She wis a bittie feart o this place noo. It didnae seem real it wis that eldritch and faur awa fae the earth. It wis like a picture in Grimm or Hans Andersen. It wis like the hoose whaur the puir wood cutter bided wi Hansel and Gretel and whaur Rid Ridin Hood's grannie stayed and it wis the hoose o the Seeven Dwarfs and the Three Bears and aw the rest o them. It wis richt oot a fairy tale.

'Come on, pet,' Miss Honey cried and Matilda followed her up the path.

The front-door wis scruifed ower wi flaky green paint and there wis nae keyhole. Miss Honey jist unsnecked the door, pushed it open and gaed inside. She wisnae tall but she hud tae jouk doon low tae get through the doorway. Matilda gaed efter her and fund hersel in whit seemed tae be a daurk narra tunnel.

'Come on ben the kitchen and help me mak the tea,' Miss Honey said, and she led the way alang the tunnel intae the kitchen – if ye could cry it a kitchen. It wisnae much mair than a fair-sized claes press and there wis wan wee windae in the back waw wi a jawbox unner the windae but there were nae taps ower the sink. Agin anither waw there wis a shelf, presumably fur makkin food, and there wis a single press abuin the shelf. On the shelf there wis a Primus stove, a pot and a hauf-fu bottle o milk. A Primus is a wee campin stove that ye fill wi paraffin and ye licht it at the tap and pump it tae get pressure fur the flame.

'Get me some watter while ah licht the Primus,' Miss Honey said. 'The well is oot the back. Tak the bucket. Here it is. Ye'll find a rope in the well. Jist

cleek the bucket on tae the end o the rope and lower it doon, but dinnae fa in yersel.' Matilda, mair raivelt than ever, took the bucket and cairried it oot intae the back gairden. The well had a wee widden roof ower it and a simple windle and there wis the rope hingin doon intae a daurk bottomless hole. Matilda poued up the rope and cleeked the haunle o the bucket ontae the end o it. Then she lowered it till she heard a spluish and the rope gaed slack. She poued it up again and then, jist like magic, there wis watter in the bucket.

'Is this eneuch?' she speired, cairryin it in.

'Jist aboot,' Miss Honey said. 'Ah dinnae suppose ye've ever done that afore?'

'Naw,' said Matilda. 'It's braw. How d'ye get eneuch watter fur yer bath?'

'Ah dinnae hae a bath,' Miss Honey said. 'Ah wash masel staundin up. Ah get a bucketfu o watter and ah heat it up in this wee stove then ah strip aff and wash masel aw ower.'

'D'ye really dae that?'

'Aye, ah dae,' Miss Honey said. 'Every puir body used tae wash theirsels thon way until no sae lang syne. And they never hud a Primus. They hud tae heat the watter ower the fire in the ingle.'

'Are *you* puir, Miss Honey?'

'Aye,' Miss Honey said. 'Ah'm ur that. It's a guid wee stove intit?' The Primus wis rairin awa wi a powerfu blue flame and awready the watter in the pot wis stertin tae papple. Miss Honey got a teapot fae the press and pit some tea leaves intae it. She fund hauf a wee loaf o broon breid. She cut twa skinny slices and then, fae a plastic box, she took a bittie margarine and spread it on the breid.

Margarine, Matilda thocht. She must be puir.

Miss Honey fund a tray and on it she pit twa mugs, the teapot, the hauf-bottle o milk and a plate wi the twa slices o breid. 'Ah'm sorry ah dinnae hae ony sugar,' she said. 'Ah never tak it.'

'That's aw richt,' Matilda said. She wis wise eneuch tae see how fykie the situation wis and didnae want tae say onythin that wid affront Miss Honey.

'Let's hae it in the livin room,' Miss Honey said, liftin the tray and leadin the way oot the kitchen and doon the daurk wee tunnel intae the room at the front. Matilda followed her, but jist inside the doorway o the so-cried livin-room she stopped and gawped roond, pure bumbazed. The room wis as wee and square and scuddy as a jyle-cell. The peelie-wallie daylicht that entered came fae a single toty windae in the front waw but there wis nae curtains. The only things in the hale room were twa upturnt widden kists tae serve as chairs and a third kist atween them fur a table.

183

That wis it. There were nae pictures on the waw, nae carpet on the flair, jist coorse unpolished widden planks, and there were gaps atween the planks whaur oose and dauds o clart had gaithered. The ceilin wis that low that wi a jimp Matilda could near tig it wi her fingertips. The waw wis white but the whiteness didnae look like paint. Matilda dichted her palm agin it and a white pooder came aff on her skin. It wis whitewash, the cheap stuff that folk use in byres and stables and hen-hooses.

Matilda wis stammygastered. Wis this truly whaur her perjink and dinkly dressed teacher bided? Wis this whit she hud tae come hame tae efter her day's work? She couldnae believe it. And whit wis the reason fur it? There wis somethin gaun on here, surely.

Miss Honey pit the tray on wan o the upturnt boxes. 'Sit doon, pet, sit doon,' she said, 'and we'll hae a nice hot cuppie tea. Help yersel tae breid. Baith slices are fur you. Ah never eat onythin when ah get hame. Ah hae a guid feast at the schuil dinners and that keeps me gaun till neist morn.'

Matilda perched tentily on an upturnt box and, mair oot o politeness than onythin else she took a slice o breid and margarine and sterted tae eat it. At hame she'd get buttered toast and strawberry jeely and likely a bit o sponge-cake as weel. But this wis rerr terrs. There wis a mystery here in this hoose, a muckle great mystery, nae doubt aboot it, and Matilda wis desperate tae fund oot whit it wis.

Miss Honey poured the tea and pit a wee drap o

184

milk intae baith cups. She didnae seem the least bit
fashed aboot sittin on an upturnt box in an empty
room, drinkin tea oot a mug she wis balancin on her
knee.

'Ye ken,' she said. 'Ah've been thinkin a lot aboot
whit ye did wi thon gless. It is a muckle power ye've
been gien, ma lassie, ye ken that.'

'Aye, Miss Honey, ah dae,' Matilda said, chowin her
breid and margarine.

'As faur as ah ken,' Miss Honey gàed on, 'naebody else in the history o the world hus been able tae gar a thing tae move wioot touchin it or blawin on it or gettin helped fae somebody ootside.'

Matilda nodded but didnae say onythin.

'The fascinatin thing wid be tae fund oot the reenge o this power o yours. Ah ken ye think ye can move jist aboot onythin, but ah hae ma doubts aboot that.'

'Ah wish ah could try somethin dead big,' Matilda said.

'Whit aboot distance?' Miss Honey said. 'Dae ye aye huv tae be close tae the thing ye're pushin?'

'Ah jist dinnae ken,' Matilda said. 'But it'd be braw tae fund oot.'

Miss Honey's Story

'We cannae breeshle at this,' Miss Honey said, 'so let's hae anither cuppie tea. And please eat thon ither slice o breid. Ye must be stervin.'

Matilda took the second slice and sterted eatin it slowly. The margarine wisnae that bad. She doubted she could huv tellt the difference if she didnae ken. 'Miss Honey,' she said suddenly, 'dae ye get rubbish pay at the schuil?'

Miss Honey looked up shairply. 'No bad,' she said. 'Ah get the same as the ithers.'

'But it must be haurdly onythin if ye're this awfie puir. Dae aw the teachers bide like this, wi nae furniture and nae kitchen stove and nae bathroom?'

'Naw they dinnae,' Miss Honey said, a bit stiffly, 'Ah'm jist the odd wan oot.'

'Ah expect ye jist like livin in a verra simple way,' Matilda said, probin a bittie furder. 'It must mak reddin oot the hoose a wheen easier and ye dinnae hae furniture tae polish or they silly dabbities lyin aroond that huv tae be dichted every day. And if ye've nae fridge ye dinnae huv tae go and buy loads o daft things like eggs and mayonnaise and ice cream tae fill it up. It must save ye daein a lot o messages.'

Jist then Matilda noticed that Miss Honey's coupon hud gaed ticht and oorie. She wis as stiff as a stookie. Her shooders were hunched up high and her lips were

187

thrimmelt thegether ticht and she sat there, clauchtin the mug o tea in baith haunds and gawpin doon intae it as if she wis seekin an answer tae these no-sae-innocent questions.

There followed a lang and embarrassin silence. In thirty seconds the atmosphere in the toty room hud changed completely and noo felt gawkit and tirlin wi secrets. 'Ah'm sorry ah speired thae questions, Miss Honey. It's nane o ma business.'

When she said this, Miss Honey seemed tae rouse hersel. She shoogled her shooders and then tentily pit her mug on the tray.

'There's nae reason ye cannae speir,' she said. 'It wis bound tae happen. Ye're faur too gleg no tae wonder whit's gaun on. Mibbe ah even wanted ye tae speir. Mibbe that's how ah asked ye tae come here. In fact ye're the first visitor ah've hud in the cottage since ah flitted here twa year syne.'

Matilda never said a word. She could feel the tension growin and growin in the room.

'Ye're wise ayont yer years, pet,' Miss Honey gaed on. 'It dumfooners me. Though ye look like a wean, ye're no really a wean at aw because yer mind and yer powers o reasonin seem full-grown. Ah suppose ah'd cry ye a grown bairn if ye see whit ah mean.'

Matilda didnae say onythin. She wis waitin tae see whit wis comin neist.

'Up till noo,' Miss Honey gaed on, 'ah've no been able tae talk tae onybody aboot ma troubles. Ah wis affrontit and onyway ah'm no that brave. Any smeddum ah hud wis dirdit oot o me when ah wis a lassie. But noo suddenly ah'm desperate tae tell everythin tae somebody. Ah ken ye're only a toty wee lassie but there's some kind o magic in ye. Ah've seen it wi ma ain een.'

Matilda became verra alert. She could hear in Miss Honey's voice that she wis cryin oot fur help. It must be. It hud tae be.

Then the voice spoke again. 'Hae some mair tea,' it said. 'Ah think there's a drap left.'

Matilda nodded.

Miss Honey poured the tea intae baith mugs and pit in the milk. Again she cupped her ain mug in baith haunds and sat there, suppin.

There wis a lang silence afore she said, 'Can ah tell ye a story?'

'Sure ye can,' Matilda said.

'Ah'm twenty-three year auld,' Miss Honey said, 'and when ah wis born ma faither wis a doctor in this clachan. We'd a bonnie auld hoose, muckle eneuch, rid-brick. It's cooried awa in the widds ahint the hills. Ah dinnae think ye'd ken it.'

Matilda kept silent.

'Ah wis born there,' Miss Honey said. 'And then came the first tragedy. Ma mither died when ah wis twa year auld. Ma faither, an eydent doctor, needed somebody tae keep the hoose and look efter me. So he asked ma mither's sister, ma auntie, tae come and bide wi us. She said aye and she came.'

'Matilda wis listenin, intent. 'How auld wis yer auntie when she moved in?' she speired.

'No that auld,' Miss Honey said. 'Aboot thirty, ah think. But ah hatit her richt fae the stert. Ah missed ma mammy that much. And ma auntie wisnae a couthy body. Ma faither never kent because he wis aften awa, but when he wis aroond, ma auntie wisnae like that.'

Miss Honey paused and supped her tea. 'Ah cannae believe ah'm tellin ye aw this,' she said, affrontit.

'Go on,' Matilda said. 'Please.'

'Weel,' Miss Honey said, 'then came the second

190

tragedy. When ah wis five year auld, ma faither dee'd aw o a sudden. Wan day he wis there and the neist day he wis gone. And so ah wis left tae bide alane wi ma auntie. She became ma legal guardian. She'd aw the powers o a mither or faither ower me. And by some joukery-powkery, she became the actual owner o the hoose.'

'How did yer faither dee?' Matilda speired.

'It's interestin ye should ask that,' Miss Honey said. 'Ah wis faur too wee tae ask questions aboot it at the time, but ah fund oot later there wis a muckle mystery surroundin his death.'

'Did they no ken how he dee'd?' Matilda speired.

'Weel, no richtly,' Miss Honey said. 'See, naebody could believe that he'd ever dae it. He wis that sane and mensefu.'

'Dae whit?' Matilda speired.

'*Kill* hissel.'

Matilda wis dumfoonert.

'Did he?' she gouched.

'That's whit it *looked* like,' Miss Honey said. 'But wha kens?' She hunkled her shooders and turnt awa and gawped oot the toty windae.

'Ah ken whit ye're thinkin,' Matilda said.

191

'Ye're jalousin yer auntie killt him and made it look as if he'd done it hissel.'

'Ah'm no thinkin onythin,' Miss Honey said. 'Ye dinnae think things like that wi nae proof.'

The wee room became quiet. Matilda noticed that the haunds haudin the mug were tremmlin a bittie. 'Whit happened efter?' she speired. 'Whit happened when ye were left aw alane wi yer auntie? Wis she no guid tae ye?'

'Guid?' Miss Honey said. 'She wis a deevil. As soon as ma faither wis oot the road she turnt intae a holy terror. Ma life wis a nichtmare.'

'Whit did she dae tae ye?' Matilda speired.

'Ah dinnae want tae talk aboot it,' Miss Honey said. 'It's unco gruesome. But in the end ah got that feart fae her ah used tae stert tremmlin when she came intae the room. Ye need tae unnerstaund ah wis never a strang character like you. Ah wis aye blate and never like tae pit masel forrit.'

Did ye no hae ony ither kin?' Matilda speired. 'Uncles or aunties or grannies wha came tae see ye?'

'Nane that ah kent aboot,' Miss Honey said. 'They were aw either deid or they'd gaed tae Australia. And that's still how it is noo, ah'm sorry tae say.'

'So ye grew up in thon hoose alane wi yer auntie,' Matilda said. 'But ye must huv gaed tae schuil.'

'Of course,' Miss Honey said. 'Ah gaed tae the same schuil whaur ye gang noo. But ah bided at hame.' Miss Honey paused and gawped doon intae her empty tea-mug. 'Ah think whit ah'm ettlin tae explain tae ye,' she said, 'is how feart fae this monstrous auntie ah wis, and how she owermaistered me. Efter a while ah wis that hauden doon that when she gied me an order, nae matter whit it wis, ah did it richt awa. That can happen, ye ken. And by the time ah wis ten year auld, ah wis her skivvy. Ah did aw the hoosework. Ah made her bed. Ah washed and ironed fur her. Ah did aw the cookin. Ah learned how tae dae everythin.'

'Could ye no hae tellt somebody?' Matilda said.

'Who?' Miss Honey said. 'Anyhow ah wis faur too fleggit tae peenge. Ah tellt ye, ah wis her skivvy.'

'Did she skelp ye?'

'Let's no go intae the details,' Miss Honey said.

'Thon's pure ugsome,' Matilda said. 'Did ye greet near aw the time?'

'Jist when ah wis by masel,' Miss Honey said. 'She widnae let me greet in front o her. But ah lived in fear.'

'Whit happened when ye left the schuil?' Matilda speired.

'Ah wis a gleg scholar,' Miss Honey said. 'Ah could huv gaed tae uni, easy-peasy. But there wis nae question o that.'

'How no, Miss Honey?'

'Because she needed me at hame tae dae the work.'

'How did ye get tae be a teacher then?' Matilda speired.

'There's a Teachers' Trainin College no faur fae here,' Miss Honey said. 'It's only forty minutes on the bus. She let me gang there as long as ah came straight hame every day tae dae the washin and the ironin and redd the hoose and cook the dinner.'

'How auld were ye then?'

'Ah wis eichteen when ah gaed tae the Teachers' Trainin College,' Miss Honey said.

'Ye could huv jist packed yer gear and walked awa,' Matilda said.

'No till ah got a job,' Miss Honey said. 'And dinnae forget that by then ah wis that owermaistered by ma auntie that ah widnae huv daured. Ye cannae imagine whit it's like tae be owerganged by somebody that powerfu. Ye turn tae jeely. So that's it. That's ma sad story. Eneuch o ma blethers.'

'Please dinnae stop,' Matilda said. 'Ye've no finished yet. How did ye manage tae get awa fae her in the end and come and bide in this funny wee hoose?'

'That wis a beezer,' Miss Honey said. 'Ah'm prood o the way that came aboot.'

'Tell me,' Matilda said.

'Weel,' Miss Honey said, 'when ah got ma teacher's job, ma auntie tellt me ah owed her a gey wheen o siller. Ah asked her how. She said, "Because ah've been feedin ye aw these year and buyin yer shoon and yer claes!" She tellt me it added up tae thoosans and ah'd tae pay her back by giein her ma wages fur the next ten year. "Ah'll gie ye wan pund a week fur yer pocket-siller," she said. "But that's aw ye're gettin." She even sorted it so the schuil peyed ma wages straight intae her ain bank. She gart me sign the papers.'

'Ye shouldnae hae done that,' Matilda said. 'Yer wages wis yer chance o freedom.'

'Ah ken that, ah dae,' Miss Honey said. 'But by then ah'd been her slave near aw ma life and ah hudnae the spark or the smeddum tae say naw. Ah wis still petrified fae her. She could still hurt me richt badly.'

'So how did ye manage tae escape?' Matilda speired.

'Aw,' Miss Honey said, smilin fur the first time, 'that wis twa year syne. It wis ma greatest triumph.'

'Please tell me,' Matilda said.

'Ah used tae rise early and go fur a walk while ma auntie wis still in her bed,' Miss Honey said. 'And wan day ah came across this toty cottage. It wis empty. Ah fund oot wha owned it. It wis a fermer. Ah gaed tae see him. Fermers get up dead early too. He wis milkin his kye. Ah speired if ah could rent his cottage. "Ye cannae bide there!" he cried. "It's got nae services, nae runnin watter, naethin!"

"'Ah want tae bide there," ah said. "Ah'm a romantic. Ah've fallen in luve wi it. Please let me hae it."

"'Ye're aff yer heid," he said. "But if yer mind is set on it, ye're welcome. The rent is ten pence a week."

"'Here's a month's rent in advance," Ah said, giein him forty pence. "And thank ye verra much!"'

'That's jist pure braw!' Matilda yelloched. 'So suddenly ye hud a hoose o yer ain! But how did ye get up the gumption tae tell yer auntie?'

'That wis fykie,' Miss Honey said. 'But ah steeled masel tae dae it. Wan nicht, efter ah'd made her tea, ah gaed up the stair and packed the puckle o things ah hud in a cardboard box and came doon the stair and tellt her that ah wis gaun awa. "Ah've rented a hoose," ah said.

'Ma auntie wis beelin. "Rented a hoose!" she yelloched. "How can ye rent a hoose when ye've only got wan pund a week in the world?"

"'Ah've done it," ah said.

"'And how are ye gonnae buy food fur yersel?"

"'Ah'll manage," ah mummled and scowped oot the front door.'

'Gaun yersel!' Matilda cried. 'So ye were free at last!'

'Ah wis free at last,' Miss Honey said. 'Ah cannae tell ye how brilliant it wis.'

'But huv ye really managed tae bide here by yersel on wan pund a week fur twa year?' Matilda speired.

'Indeed ah huv,' Miss Honey said. 'Ah pay ten pence in rent, and the rest jist aboot covers paraffin fur ma stove and ma lamp, and a wee drappie milk and tea and breid and margarine. That's aw ah need really. As ah tellt ye, ah hae a guid feast at the dinner schuil.'

Matilda gawped at her. Whit a richt crouse thing Miss Honey had done. Suddenly she wis a heroine in Matilda's een. 'Is it no awfie cauld in the winter?' she speired.

'Ah've got ma wee paraffin stove,' Miss Honey said. 'Ye'd never credit how cosie ah can mak it in here.'

'D'ye huv a bed, Miss Honey?'

'Weel, no exactly,' Miss Honey said, smilin again.

'But they say it's awfie guid fur ye tae sleep on a haurd surface.'

Aw at wanst Matilda could see the hale thing as clear as day. Miss Honey wis needin help. There wis nae way she could gang on existin like this year in year oot. 'Ye'd be a lot better aff, Miss Honey,' she said, 'if ye gied yer job up and gaed on the burroo.'

'Ah'll never dae that,' Miss Honey said. 'Ah luve teachin.'

'Thon scunner o an auntie,' Matilda said. 'Is she still bidin in yer bonnie auld hoose?'

'She certainly is,' Miss Honey said. 'She's still only aboot fifty. She'll be aroond fur lang whiles yet.'

'And d'ye think yer faither really meant fur her tae keep the hoose forever?'

'Ah'm sure he never meant that,' Miss Honey said. 'Mithers and faithers will aften gie a guardian the richt tae bide in the hoose fur a while, but it's nearly aye left in trust fur the bairn. Then it's the bairn's property when he or she grows up.'

'Then surely it's your hoose?' Matilda speired.

'Ma faither's will wis never fund,' Miss Honey said. 'Ah think somebody destroyed it.'

'Nae prizes fur guessin wha it wis,' Matilda said.

'Nae prizes,' Miss Honey said.

'But if there's nae will, Miss Honey, then surely the hoose gangs tae ye automatically. Ye're the neist o kin.'

'Ah ken ah'm ur,' Miss Honey said. 'But ma auntie produced a bit o paper supposed tae be scrieved by ma faither, sayin that he's leavin the hoose tae his sister-in-law in return fur bein sae guid aboot lookin efter me. Ah ken fine it's a forgery. But naebody can prove it.'

'Can ye no gie it a try?' Matilda said. 'Can ye no get a guid lawyer and fecht it?'

'Ah dinnae hae ony siller,' Miss Honey said. 'And ye huv tae mind that ma auntie is weel-respected by the folk roond here. She's a gey powerfu wumman.'

'Wha is she?' Matilda speired.

Miss Honey hesitated a minute. Then she said, saft-like, 'Miss Trunchbull.'

The Names

'Miss Trunchbull!' Matilda skraiched, lowpin aboot a fit in the air. 'Ye mean she is yer auntie? She brung ye up?'

'Aye,' Miss Honey said.

'Nae wunner ye wir fleggit fae her!' Matilda cried. 'The ither day we saw her grip a lassie by her pigtails and fling her ower the yett in the playgrund!'

'Ye've no seen onythin,' Miss Honey said. 'Efter ma faither died, when ah wis five and a hauf, she used tae mak me hae a bath by masel. And if she came up and thocht ah'd no washed masel richt she used tae push ma heid unner the watter and haud it there. But dinnae get me sterted on whit she used tae dae. That's nae help tae us at aw.'

'Naw,' said Matilda, 'it's no.'

'We came here,' Miss Honey said, 'tae hae a blether aboot you and ah've jist talked aboot masel the hale time. Ah feel like an eejit. Ah'm faur mair interested in whit ye can dae wi thae byous een o yours.'

'Ah can move things,' Matilda said. 'Ah ken ah can cowp things ower.'

'How wid ye like it,' Miss Honey said, 'if we did some wee experiments tae see jist whit ye can move and push?'

A bittie surprisinly, Matilda said, 'If ye dinnae mind, Miss Honey, ah dinnae think so. Ah want tae gang hame noo and think and think on aw the things ye've tellt me this efternoon.'

Miss Honey stood up richt awa. 'Surely,' she said. 'Ah've kept ye here faur too lang. Yer mammy will be stertin tae get fashed aboot ye.'

'Naw she'll no,' Matilda said, smilin. 'She never does. But ah want tae gang hame noo please, if ye dinnae mind.'

'Come on then,' Miss Honey said. 'Ah'm sorry ah gied ye sic a puir tea.'

'Naw ye never,' Matilda said. 'Ah luved it.'

The twa o them walked aw the way tae Matilda's hoose wioot sayin a word. Miss Honey sensed that wis how Matilda wanted it. The wean wis in sic a dwam that she barely looked whaur she wis gaun, and when they got tae the yett at Matilda's hame, Miss Honey said, 'Ye'd better forget onythin ah tellt ye this efternoon.'

'Ah'll no promise tae dae that,' Matilda said, 'but ah will promise no tae talk tae onybody aboot it again, no even you.'

'Ah think that wid be wise,' Miss Honey said.

'Ah'll no promise tae stop thinkin aboot it but, Miss Honey,' Matilda said. 'It's been on ma mind aw the way back fae yer cottage and ah believe ah've got a toty wee idea.'

'Naw,' Miss Honey said. 'Please pit it oot yer mind.'

'Ah want tae speir three last things afore ah stop gabbin aboot it,' Matilda said. 'Please will ye answer them, Miss Honey?'

Miss Honey smiled. It wis extraordinar, she tellt hersel, how this wee linkie o a lass wis suddenly takkin chairge o her problems fur her, and wi sic fushion. 'Weel,' she said, 'that depends on whit the questions are.'

'The first thing is this,' Matilda said. 'Whit did Miss Trunchbull cry *yer faither* when they were roond the hoose?'

'Ah'm sure she cried him Magnus,' Miss Honey said. 'That wis his first name.'

'And whit did yer faither cry Miss Trunchbull?'

'Her name is Agatha,' Miss Honey said. 'That's whit he wid huv cried her.'

'And last,' Matilda said, 'whit did yer mammy and daddy cry ye in the hoose?'

'They cried me Jenny,' Miss Honey said.

Matilda set her brains asteep on these answers. 'Ah want tae mak sure ah've got them richt,' she said. 'In the hoose, yer faither wis Magnus, Miss Trunchbull wis Agatha and ye were Jenny. Am ah richt?'

'Aye,' Miss Honey said.

'Thanks,' Matilda said. 'And noo ah'll no say anither word aboot it.'

Miss Honey wunnered whit on earth wis gaun on in the mind o this bairn. 'Dinnae dae onythin daft,' she said.

Matilda lauched and turnt awa and ran up the path tae her front door, cryin oot as she gaed, 'Cheerio, Miss Honey. Thanks awfie fur the tea.'

The Practice

Matilda fund the hoose empty as usual. Her faither wisnae back fae his work yet, her mither wisnae back fae the bingo and her brither could be onywhaur. She gaed straight intae the livin-room and opened the drawer in the sideboard whaur she kent her faither kept a box o cigars. She took wan oot and cairried it tae her bedroom and shut hersel in.

Noo fur the practice, she tellt hersel. It's gonnae be a trauchle but ah'm bent set on daein it.

Her ploy fur helpin Miss Honey wis stertin tae form bonnily in her mind. She hud it noo in near every detail, but in the end it aw depended on her bein able tae dae wan special thing by the power o her een. She kent she widnae manage richt awa, but she wis siccar that wi practice and strivin, she'd get there in the end. The cigar wis essential. It wis mibbe a bittie thicker than she wanted, but the wecht wis aboot richt. It'd be fine fur practisin.

There wis a wee dressin-table in Matilda's bedroom wi her hairbrush and comb on it, and twa library books. She redd these tae wan side and laid the cigar doon on the dressin-table. Then she walked awa and sat on the end o the bed. She wis noo aboot ten fit awa fae the cigar.

She settled hersel and sterted tae concentrate, and gey quickly this time she felt the electricity stertin tae

pirr inside her heid, gaitherin itsel ahint her een, and the een gettin hot and millions o toty invisible haunds sterted raxin oot like sparks towards the cigar. 'Move! she whispered, and she wis dumfoonert when awmaist at wanst the cigar wi its wee rid and gowd paper in the middle, pirled awa across the dressin-table and landed on the carpet.

Matilda had fun daein that. It wis braw. She felt

as if the sparks were birlin roond inside her heid and glentin fae her een. It gied her a sense o power that wis near eldritch. And how speedy it wis this time! That simple!

She crossed the bedroom and lifted the cigar and pit it back on the table.

Noo fur the haurd bit, she thocht. But if ah can *push*, then surely ah've the power tae *lift*. It's *vital* ah learn tae heeze it up. Ah *must* learn how tae lift it richt up in the air and mak it stay there. It's no that heavy, a cigar.

She sat on the end o her bed and sterted again. It wis a skoosh noo tae caw up the power ahint her een. It wis like knidgin a trigger in the brain. 'Lift!' she whispered. '*Heeze! Heeze!*'

At first the cigar sterted tae pirl awa. But then,

wi Matilda concentratin haurd, wan end o it slowly heezed up aboot an inch aff the table-tap. Wi a michty wauchle, she managed tae haud it there fur aboot ten seconds. Then it plunked doon again.

'Weel!' she peched. 'Ah'm gettin the hing o it. Ah'm stertin tae dae it!'

Fur the neist hour, Matilda kept practisin, and in the end she'd managed, jist wi the power o her een, tae heeze the hale cigar richt aff the table aboot six inches intae the air and haud it there fur aboot a

minute. Then suddenly she wis that wabbit she fell back on the bed and gaed tae sleep.

That wis how her mither fund her later on.

'Whit's up wi ye?' her mither said, wakin her up. 'Are ye no weel?'

'Jings,' Matilda said, sittin up and lookin roond. 'Naw, ah'm fine. Ah wis jist a a bittie fauchelt, that's aw.'

Fae then on, every day efter schuil, Matilda shut hersel in her room and practised wi the cigar. And soon it sterted tae come thegether in the maist byous way. Six days efter, by the followin Wednesday nicht, no only she could she heeze the cigar up in the air, but she could move it aroond jist exactly as she wanted. It wis that bonnie. 'Ah can dae it!' she cried oot. 'Ah can really dae it! Ah can lift the cigar jist by the power o ma een and push it and pull it in the air ony way ah want!'

Aw she hud tae dae noo wis tae pit her grand ploy intae action.

The Third Miracle

Neist day wis Thursday, and that, as aw the bairns in Miss Honey's class kent, wis the day the Heidie wis gonnae take the first lesson efter dinnertime.

In the morn Miss Honey said tae them, 'Yin or twa o ye didnae huv a guid time when the Heidie took the class afore, so let's us aw tak tent tae be douce and gleg the day. How's yer lugs, Eric, efter yer last meetin wi Miss Trunchbull?'

'She streetched them,' Eric said. 'Ma mammy said she kens fur sure they're mair muckle.'

'And Rupert,' Miss Honey said. 'Ah'm richt gled ye never gaed baldy efter last Thursday.'

'Ma heid wis dead sair but,' Rupert said.

'And you, Nigel,' Miss Honey said,' Please try no tae be forritsome wi the Heidie the day. Ye were dead gallus wi her last week.'

'Ah cannae staund the sicht o her,' Nigel said.

'Try no tae mak it that obvious,' Miss Honey said. 'It's nae use. She's a wechty wumman. She's got muscles like steel ropes.'

'Ah wisht ah wis muckle,' Nigel said. 'Ah'd gie her a richt doin.'

'Ah dinnae think so, Nigel,' Miss Honey said. 'Naebody's ever beaten her yet.'

'Whit's she gonnae gie us a test on this efternoon?' a wee lassie speired.

'Yer three-times tables, likely,' Miss Honey said. 'That's whit ye're supposed tae learn this week. Mak sure ye ken them.'

Dinnertime came and gaed.

Efter dinner, the class came back in. Miss Honey stood on wan side o the room. The weans aw sat silent, fashed, waitin. And then, like a giant o doom, the owermuckle Trunchbull lamped intae the room in her green breeks and cotton smock. She gaed straight ower tae her jug o watter and lifted it by the haunle and keeked inside.

'Ah'm gled tae see,' she said, 'that there's nae slochie slaistery craiturs in ma drinkin watter the day. If there wis, then everybody in this class wid huv their heid in their hauns tae play wi. And that means you as weel, Miss Honey.'

The weans stayed quiet and tense. They kent mair aboot this tigress noo and naebody wanted tae tak ony chances.

'Richt,' bawled the Trunchbull. 'Let's see how weel ye ken the three-times tables. Or tae pit it anither way, let's see how badly Miss Honey hus taucht ye the three-times tables.' The Trunchbull wis staundin in front o the class, legs apairt, haunds on her hurdies, glowerin at Miss Honey, wha stood silent tae wan side.

Matilda, sittin motionless at her desk in the second row, took tent o aw that wis gaun on.

'You!' the Trunchbull yelloched, pointin a finger the size o a rollin pin at a laddie cried Wilfred. Wilfred wis on the faur richt o the front row. 'Staund up, ye!' she crawed.

Wilfred stood up.

'Say the three-times tables backwards.'

'Backwards?' stammered Wilfred. 'But we huvnae learnt it backwards.'

'There ye ur,' bawled the Trunchbull, vauntie. 'She's taucht ye naethin! Miss Honey, how come ye've taucht them heehaw in the last week?'

'That's no true, Heidmistress,' Miss Honey said. 'They've aw learnt their three-times tables. But ah think there's nae point in teachin them tae say it backwards. The hale point o life, Miss Trunchbull, is tae go forrit. Ah wunner if even you, fur example, can spell a simple word like wrang backwards richt aff. Ah hae ma doubts.'

'Dinnae gie me ony o yer lip, Miss Honey!' the Trunchbull snippit, then she turnt back tae the hapless Wilfred. 'Richt, laddie,' she said. 'Answer this. Ah've got seeven aipples, seeven oranges and seeven bananas. How mony bits o fruit huv ah got awthegether? Speed it up! Get a move on! Gie's the answer!'

'Thon's *addin up*!' Wilfred cried oot. 'Thon's no the three-times tables!'

'Ya dottert dovie!' yelloched the Trunchbull. 'Ya goamless gomach! Ya snottery shilcorn! That *is* the three-times tables! Ye've got three separate lots o fruit and each lot hus seeven bits. Three seevens are twenty-wan. Can ye no see that, ya clottert cludgie!

Ah'll gie ye wan mair shot. Ah've got eicht coconuts, eicht monkeynuts and eicht nutty wee eejits like you. How mony nuts dae ah huv awthegether? Answer me this meenit.'

Puir Wilfred wis stammygastered. 'Haud on,' he cried. 'Please wait! Ah've got tae add up eicht coconuts and eicht monkeynuts . . .' He sterted countin on his fingers.

'Ya sneeshin drap!' yelloched the Trunchbull. 'Ya shairny flee! This isnae addin up! This is multiplication! The answer is three eichts! Or is it eicht threes? Whit's the difference atween three eichts and eicht threes? Tell me that, ya manky neep-muck, and get a move on!'

By noo, Wilfred wis faur too feart and bumbazed tae say a word.

In twa strides the Trunchbull wis by his side, and by some extraordinar gymnastic trick, mibbe judo or karate, she whapped the back o Wilfred's legs wi wan fit so the laddie skited up aff the grund and flyped ower in the air. But haufway through the flype she caucht him by his ankle and held him hingin tapsalteerie like a nekit chicken in a shop windae.

'Eicht threes,' the Trunchbull yelloched, sweein Wilfred fae side tae side by his ankle, 'eicht threes is the same as three eichts and three eichts is twenty-four! Repeat it!'

At the verra same minute, Nigel, at the ither end o the room, jimped tae his feet and sterted pointin

tae the board and pleepin, 'The chalk! The chalk! It's movin aw by itsel!' Nigel skraiched as if he'd gaed gyte and everybody in the room, includin the Trunchbull, gawped at the board. And there, sure eneuch, a split-new bit o chalk, wis hoverin near the grey-black scrievin surface o the board.

213

'It's *scrievin* somethin! 'skraiched Nigel. '*The chalk is scrievin somethin!*'

And fur sure it wis.

'*Whit in the name o the wee man is this?*' yelloched the Trunchbull. She wis flauchtered at seein her ain first name bein scrieved like that by an invisible haund. She drapped Wilfred on the flair. Then she yelloched at naebody in particular, 'Wha's *daein* this? Wha's *scrievin* it?'

The chalk gaed on scrievin.

Everybody in the room heard the gouch that came fae the Trunchbull's thrapple. 'Naw!' she yowled. 'It cannae be! It cannae be Magnus!'

Miss Honey, at the side o the room had a quick keek at Matilda. The bairn wis sittin dead straight at her desk, her heid up high, her mooth shut ticht, her een glisterin like twa stars.

Agatha, gie ma Jenny back her hoose

For some reason everybody noo looked at the Trunchbull. The wumman's coupon had turnt white as snaw and her mooth wis openin and shuttin like a halibut oot o watter and she wis pechin as if she wis gettin thrappelt.

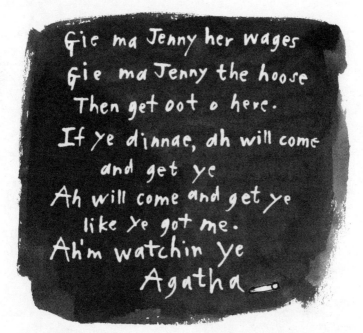

Gie ma Jenny her wages
Gie ma Jenny the hoose
Then get oot o here.
If ye dinnae, ah will come
      and get ye
Ah will come and get ye
    like ye got me.
Ah'm watchin ye
            Agatha—

The chalk stopped scrievin. It paused fur a minute, hingin there, then suddenly fell tae the flair wi a dinnle and broke in twa.

Wilfred, wha had managed tae sit back doon in the front row, skraiched, 'Miss Trunchbull hus fell doon! Miss Trunchbull is on the flair.'

The bairns were doitrified and the hale class lowped oot their seats tae get a guid look at her. And there she wis, the muckle body o the Heidie, streetched full-length on her back on the flair, oot fur the coont.

Miss Honey ran forrit and kneeled beside the foondert giant. 'She's fainted! She's oot cauld! Somebody gang and get the nurse at wanst.' Three weans ran oot the room.

Nigel, aye swippert, lowped up and seized the muckle jug o watter. 'Ma daddy says cauld watter's the best way tae rouse somebody that's faintit,' he said, and wi that, he cowped the contents o the jug ower the Trunchbull's heid. Naebody, no even Miss Honey, protested.

As fur Matilda, she stayed sittin still at her desk. She wis feelin upliftit in an unco way. She felt as if she had touched somethin that wis ayont this world, the highest point o the heavens, the faurest-awa star. It wis byous, the power sweelin up ahint her een, slooshin like a warm bree inside her skull, and her een had turnt scauldin-hot, hotter than ever, and things hud blowtered oot her een, and then the bit o chalk had heezed itsel up and sterted tae scrieve. It wis as if she'd haurdly done onythin, it hud aw been that easy.

The schuil nurse, followed by five teachers, three weemin and twa men, whiddered intae the room.

'Help ma boab, somebody's soused her at last!' cried wan o the men, smickerin. 'Weel done, Miss Honey!'

'Wha papped the watter ower her?' speired the nurse.

'Me,' said Nigel, vauntie.

'Guid on ye!' anither teacher said. 'Will ah get some mair?'

'Naw ye'll no,' the nurse said. 'We'd better cairry her up tae the sick room.'

It took aw five teachers and the nurse tae lift the muckle wumman and drochle oot the room, haudin her.

Miss Honey said tae the weans, 'Ah think ye'd better gang awa oot tae play till the neist lesson.' Then she turnt and walked ower tae the board and tentily dichtit the chalk words aff it.

The weans sterted filin oot the room. Matilda wis aboot tae gang wi them but as she passed Miss Honey she paused and her glisterin een met the teacher's, and Miss Honey ran forrit and gied the toty bairn a muckle great cuddle and a kiss.

A New Hame

Later thon day the crack spread that the Heidie wis aw richt noo efter her faint, and hud mairched oot the schuil buildin, thrawn-gabbit and white in the fizzog.

Neist morn she didnae turn up at the schuil. At dinnertime, Mr Trilby, the Deputy Heidie, phoned her hoose tae see if she wis aw richt. There wis nae answer.

When schuil wis finished, Mr Trilby decided tae go and see whit wis up, so he walked ower tae the hoose whaur Miss Trunchbull bided on the edge o the clachan, the bonnie wee rid-brick Georgian biggin kent as The Rid Hoose, cooried in awa in the woods ahint the hills.

He dinged the bell. Nae answer.

He chapped the door loudly. Nae answer.

He cried oot, 'Is onybody at hame?' Nae answer.

He gied the door a shove and, tae his surprise, fund it wis aff the sneck. He gaed in.

The hoose wis silent and there wis naebody there, but aw the furniture wis in its place. Mr Trilby gaed upstair tae the big bedroom. It aw looked richt here and aw until he sterted openin drawers and reengin inside the press. There wis nae claes or underclaes onywhaur. They were aw gone.

She's done a moonlicht flit, Mr Trilby said tae hissel,

and he went aff tae inform the Schuil Governors that the Heidie hud apparently vanished like snaw aff a dyke.

On the second morn, by registered post, Miss Honey received a letter fae a lawyer, tellin her that the last will and testament o her late faither, Doctor Honey, hud suddenly and mysteriously turnt up. This missive revealed that ever since her faither's death, Miss Honey had been the richtfu owner o the property on the edge o the clachan kent as The Rid Hoose, which, until lately, hud been occupied by a Miss Agatha Trunchbull. The will also showed that her faither's life savins, which, by guid fortune, were still siccar in the bank, were left tae her and aw. The solicitor's letter added that if Miss Honey wid be blythe eneuch tae come tae the office as soon as possible, then the property and the siller could be pit intae her name richt awa.

Miss Honey done jist that, and in a couple o weeks, she hud flitted intae The Rid Hoose, the exact same place whaur she wis brung up. Luckily, aw the faimly plenishins and pictures were still there. Fae then on, Matilda gaed tae see Miss Honey in The Rid Hoose every day efter schuil, and the teacher and the wee lassie became guid pals.

Back at the schuil, muckle changes were happenin. As soon as they kent Miss Trunchbull hud completely disappeared fae the scene, the braw Mr Trilby wis appointed Heidie in her place. And jist efter that, Matilda got moved up tae the tap class, whaur Miss

222

Plimsoll soon discovered that this extraordinar bairn wis jist as clivvir as Miss Honey had said.

Wan nicht a few weeks later, Matilda wis haein her tea wi Miss Honey in the kitchen o The Rid Hoose efter schuil, jist as they aye done, when Matilda said suddenly, 'Somethin unco hus happened tae me, Miss Honey.'

'Tell me aboot it,' Miss Honey said.

'This morn,' Matilda said, 'jist fur a laugh, ah ettled tae cowp somethin ower wi ma een and ah couldnae dae it. Nothin moved. Ah didnae even feel the hotness beelin up ahint ma een. The power's awa. Ah think ah've lost it completely.'

Miss Honey buttered a slice o broon breid and pit a bittie strawberry jeely on it.

'Ah've been expectin somethin like this micht happen,' she said.

'Huv ye? How's that?' Matilda speired.

'Weel,' Miss Honey said, 'ah'm jist jalousin but here's whit ah think. When ye were in ma class ye'd naethin tae dae, naethin tae mak ye strive. Yer muckle great brain wis gaun gyte wi frustration. It wis papplin and beelin awa, capernoitie inside yer heid. Aw this tremendous fushion wis stuck inside ye wi naewhaur tae gang, and somehow or ither ye managed tae shoot thon energy oot through yer een and mak things move. But it's no the same noo. Ye're in the tap class, competin agin bairns twa times yer age and aw thon mental fushion is gettin used up in the class. Fur the first time yer brain hus tae wauchle and warstle and

keep dead busy, which is grand. That's jist a theory, mind, and it may be a daft yin, but ah dinnae think it's faur aff the mark.'

'Ah'm gled it's happened,' Matilda said. 'Ah dinnae want tae gang through ma life workin miracles.'

'Ye've done eneuch,' Miss Honey said. 'Ah still cannae believe ye made aw this happen fur me.'

Matilda, perched on a tall stool at the kitchen table, ate her breid and jeely slowly. She luved these efternoons wi Miss Honey. She felt richt cosie wi her, and the twa o them blethered thegether mair or less like equals.

'D'ye ken,' Matilda said suddenly, 'that the hert o a moose beats at the rate o *six hunner and fifty times a minute*?'

'Ah didnae,' Miss Honey said, smilin. 'How amazin is that. Whaur did ye read thon?'

'In a book fae the library,' Matilda said. 'And that means it goes that quick ye cannae even hear the separate beats. It must soond jist like bizzin.'

'It must,' Miss Honey said.

'And how fast dae ye think a hedgehog's hert beats?' Matilda speired again.

'Tell me,' Miss Honey said, smilin again.

'It's no as quick as a moose,' Matilda said. 'It's three hunner times a minute. But even so, ye widnae think it'd go as fast as that in a craitur as slow as thon, wid ye, Miss Honey?'

'Ah certanly widnae,' Miss Honey said. 'Tell me wan mair.'

'A cuddy,' Matilda said. 'That's dead slow, it's jist forty times a minute.'

This bairn, Miss Honey tellt hersel, is interested in everythin. When ye're wi her, ye jist cannae be bored. Ah luve it.

The twa o them stayed sittin and bletherin in the kitchen fur an hour or so mair, then, at six o'clock, Matilda said cheerio and set oot tae walk hame tae her parents' hoose, which wis aboot eicht minutes awa. When she arrived at her ain yett, there wis a muckle great Mercedes motor parked ootside. She never peyed it ony heed. There were aye strange motors parked ootside her faither's hoose. But when she gaed intae the hoose, everythin wis heeligoleerie. Her mither and faither were baith in the lobby, frantically stowin claes and ither things intae suitcases.

'Whit on earth's gaun on?' she cried. 'Whit's happenin, Daddy?'

'We're awa,' Mr Wormwidd said, no lookin up. 'We're leavin fur the airport in hauf an hour so ye'd better get packed. Yer brither's up the stair aw ready tae gang. Shift yersel, lassie. Get movin.'

'Awa whaur?' Matilda wheeped. 'Whaur ur we gaun?'

'Spain,' her faither said. 'The weather's braw there, no like this dreich country.'

'Spain!' Matilda skraiched. 'Ah dinnae want tae gang tae Spain! Ah luve it here and ah luve ma schuil!'

'Jist dae as yer tellt and stop argybargyin,' the faither snippit. 'Ah've eneuch bother wioot you carfufflin aboot.'

'But Daddy . . .' Matilda sterted.

'Shut yer geggie!' the faither yelloched. 'We're leavin in hauf an hour! Ah'm no missin thon plane!'

'But how lang ur we gaun fur, Daddy? When ur we comin back?'

'We're no,' the faither said. 'Noo get lost! Ah'm busy!'

Matilda turnt awa fae him and walked oot through the open front-door. As soon as she wis on the road she sterted tae rin. She heided straight back towards Miss Honey's hoose and she got there in less than four minutes. She flew up the drive and suddenly she seen Miss Honey in the front gairden, staundin in the middle o a bed o roses daein somethin wi a perra clippers. Miss Honey heard Matilda's feet skilterin ower the chuckie-stanes and noo she straightened up and turnt and stepped oot the rose-bed as Matilda came runnin up.

'Aw hen,' she said. 'Whit on earth's wrang?'

Matilda stood in front o her, pechin, oot o breath, her wee face in a riddy.

'They're *leavin!*' she cried. 'They've aw gane gyte and they're fillin their suitcases and they're leavin fur Spain in hauf an hour!'

'Who?' Miss Honey speired, quietlike.

'Mammy and Daddy and ma brither Mike and they say ah huv tae gang wi them!'

'Ye mean fur a holiday?' Miss Honey speired.

'Fur *ever!*' Matilda wheepit. 'Daddy said we're *never* comin back!'

They were silent fur a minute, then Miss Honey said, 'Actually ah'm no that surprised.'

Ye mean ye *kent* they wir gaun?' Matilda pleeped. 'How did ye no tell me?'

'Naw, darlin,' Miss Honey said. 'Ah didnae ken they were gaun. But the news doesnae surprise me.'

'How no?' Matilda cried. 'Please tell me.' She wis still pechin fae the runnin and the shock o it.

'Because yer faither,' Miss Honey said, 'is in up tae his oxters wi a parcel o rogues. Everybody in the clachan kens aboot it. Ah think he's resettin stolen motors fae aw ower the country. He's in deep trouble.'

Matilda gawped at her wi her mooth open.

Miss Honey gaed on, 'Folk brocht stolen motors tae yer faither's workshop, whaur he changed the number-

228

plates and resprayed the bodies a different colour and aw the rest o it. And noo, likely somebody's clyped on him tae the polis and they're efter him, so he's done whit they aw dae, joukin aff tae Spain whaur they cannae get him. He'll huv been sendin his siller oot there fur years, aw ready and waitin fur him when he gets there.'

They were staundin on the green in front o the bonnie rid-brick hoose wi its weathered auld rid tiles and its tall lums, and Miss Honey wis still haudin the perra gairden clippers in wan haund. It wis a warm gowden nicht and a merle wis singin somewhaur nearby.

'Ah dinnae want tae gang wi them!' Matilda yelloched, suddenly. 'Ah'm no gaun.'

'Ah'm sorry but ye huv tae,' Miss Honey said.

'Ah want tae bide here wi you,' Matilda cried oot. 'Please let me bide here wi you!'

'Ah really wish ye could,' Miss Honey said. 'But it's jist no possible. Ye cannae leave yer mither and faither jist because ye want tae. They've a richt tae tak ye wi them.'

'But whit if they agreed?' Matilda cried, eagerly. 'Whit if they said aye, ah can stay wi ye? Wid ye let me stay then?'

Miss Honey said, saftlike, 'Aye that wid be heaven.'

'Weel ah think they mibbe wid! Matilda cried. 'Ah honestly think they wid! They dinnae actually care twa hoots aboot me!'

'No sae fast,' Miss Honey said.

'We'll need tae be fast!' Matilda cried. 'They're

leavin ony minute! Come on!'
she yelloched, clauchtin Miss
Honey's haund. 'Please come
wi me and speir them. But we'll
hae tae get a move on! We'll
huv tae rin!'

Neist minute
the twa o
them were
rinnin doon
the path
thegether and oot on the road and Matilda wis in
front, haulin Miss Honey efter her by the wrist, and it

wis a braw skilter they made alang the country lane and through the clachan tae the hoose whaur Matilda's folk lived. The muckle black Mercedes wis still ootside and noo its boot and aw its doors were open and Mr and Mrs Wormwidd and her brither were scuddlin roond like pish-minnies, stechin in the suitcases, as Matilda and Miss Honey came breeshlin up.

'Mammy and Daddy!' Matilda blirted oot, pechin. 'Ah dinnae want tae gang wi yous! Ah want tae bide here and stay wi Miss Honey and she says ah can but only if ye gie me permission! Please say aye! Gaun, Daddy, say aye! Say aye, Mammy!'

The faither turnt and looked at Miss Honey. 'You're thon teacher wumman that wanst came here tae see

me, ur ye no?' he said. Then he gaed back tae stechin the cases intae the motor.

His wife said tae him, 'This yin'll huv tae gang on the back seat. There's nae mair room in the boot.'

'Ah'd luve tae huv Matilda,' Miss Honey said. 'Ah'd look efter her wi luve and care, Mr Wormwidd, and ah'd pay fur everythin. She wouldnae cost ye a penny. But it's no ma idea. It's Matilda's. And ah'll no agree tae tak her unless ye gie yer hale and willin consent.'

'C'mon, Harry,' the mither said, stechin a suitcase ontae the back seat. 'Jist let her gang if that's whit she wants. It's wan less tae look efter.'

'Ah'm in a hurry,' the faither said. 'Ah've got a plane tae catch. If she wants tae bide, let her bide. It's fine wi me.'

Matilda lowped intae Miss Honey's airms and cuddled her, and Miss Honey cuddled her back, and then the mither and faither and brither were in the motor and the motor wis pullin awa wi the tyres skraichin. The brither gied a wave through the rear windae, but the ither twa never even looked back. Miss Honey wis still cuddlin the toty wee lassie and neither o them said a word as they stood there watchin the muckle black motor bickerin roond the corner at the end o the road and disappearin forever intae the distance.

ROALD DAHL DAY

CELEBRATE
THE HEELIEGOLEERIE
WORLD o ROALD DAHL

EVERY YEAR on
13th SEPTEMBER!

JYNE THE PAIRTY AT
www.roalddahl.com

ROALD DAHL wis a

spy, ace fechter pilot, chocolate
historian and medical inventor.
He wis the scriever o
Chairlie and the Chocolate Works, *Matilda*, *The BFG*
and mony mair braw stories. He's aye
THE WORLD'S NUMBER WAN STORYTELLER.

QUENTIN BLAKE

hus illustratit mair than three
hunner books and wis Roald
Dahl's favourite illustrator.
In 1980 he won the faur-kent Kate Greenaway
Medal. In 1999 he became the first ever Bairns'
Laureate and in 2013 he wis knichted fur services
tae illustration.

ALSO AVAILABLE FAE

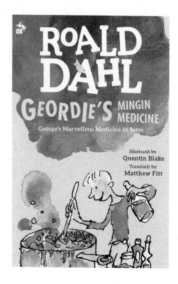

That's it.

The end o the book.

HERE IS

wan LAST **WORD**

inventit by **Roald Dahl**

HISSEL.

Mak sure ye KEEP IT SICCAR.

GOGGLER

Noun: an ee.